NADIE NOS MIRA

José Luís Peixoto

José Luís Peixoto
Nadie nos mira

La Pereza Ediciones

Nadie nos mira
Título original de la obra:
Nenhum Olhar
© *José Luís Peixoto*

© *Traducción a cargo de Bego Montorio*

© De esta edición 2022, La Pereza Ediciones, USA
www.lapereza.net

ISBN: 978-1-6237520-4-0

Diseño de los forros de la colección:
Estudio Sagahón / Leonel Sagahón
www.sagahon.com
Portada y Maquetación Julián Herrera

NADIE NOS MIRA

José Luís Peixoto

LA
PE
RE
ZA EDICIONES

NADIE NOS MIRA

José Luís Peixoto

LIBRO I

Hoy el tiempo no me ha engañado. No hay rastro de brisa en la tarde. El aire quema, como si se tratara de un caluroso hálito de fuego, y no de simple aire de respirar, como si la tarde no quisiera morir aún y comenzará ahora la hora del calor. No hay nubes, hay briznas blancas, muy finas, hebras de nubes. Y el cielo, desde aquí, parece fresco, parece el agua limpia de un estanque. Pienso: tal vez el cielo sea un gran mar de agua dulce y la gente, las personas no anden bajo el cielo, sino sobre él; tal vez las personas vean las cosas al revés y la tierra sea como un cielo y cuando se mueren, cuando las personas se mueren, tal vez se caigan y se hundan en el cielo. Un cielo que es un estanque sin peces, sin fondo. Nubes, tenues velos. Y el aire ardiendo por dentro, llamas calientes y ocultas en la piel, invisibles. Suspendido, como un hombre cansado, el aire.

Será un instante en el que no se vea un gorrión, en el que no se oiga sino el silencio que hacen las cosas al observarnos. Llegará. Lo distinguiré en el horizonte. Igual que ahora sé esto, lo sabía ayer cuando entré en la venta de judas y pedí el primer vaso, y pedí el segundo y pedí el tercero. Pero, sabía que en toda la llanura callarán las cigarras y los grillos. Contra el cielo, los olivos y los alcornoques retendrán sus ramas más finas; en cierto momento, se convertirán en piedra.

José entró en la venta de judas y era de noche. Llevaba todavía en el cuerpo la ropa descolorida por el sol, en la piel la luz ocre de la tierra, llevaba en el rostro una sonrisa reverente. Lo precedía el cayado, grueso en la punta, sucio. La perra cansada, parida, con la piel de la barriga casi arrastrándose por el suelo y las tetas abultadas, lo siguió. En el mostrador se quitó la bolsa que llevaba sujeta al hombro por una cuerda, la apoyó, se apoyó. Un vaso de vino. Los pocos hombres que lo saludaron arrastraron una sílaba indescifrable, desfalleciente. Los demás, sin dejar de hablar o beber o jugar a las cartas, le miraron queriendo verle. La perra acomodó las costillas en el suelo y curvó la columna en un arco de nudos que se le notaban a través de la piel y dejó caer los párpados sobre los ojos castaños y resignados.

En el momento en que José levantó el vaso y, de un trago, hizo correr el vino por su interior, vistos desde el otro lado de la plaza, vistos desde la noche y el silencio, los hombres en la venta de judas eran el espacio abierto de una puerta; eran un estrecho camino de luz que intentaba avanzar por la plaza desierta y por la noche negra y negra; eran el lugar de palabras que no se distinguían y que intentaban entrar por la plaza desierta y por el silencio negro y negro. Y José colocó el vaso vacío en el mostrador, y junto a su piel, bajo la luz, bajo las palabras, instantánea, se materializó la sonrisa indolente del demonio. Sonreía. Era el único que no tenía la piel oscura por el sol, llevaba camisa y pantalones planchados y con raya, el cabello peinado entre la boina y las prominencias de los cuernos. Era el único que sonreía. Dos vasos de vino, pidió sonriendo. José no necesitó mirarle. En silencio, esperó los vasos llenos hasta la gota que les faltó para rebosar. Mientras bebían, el demonio no quitó la vista de José e, incluso bebiendo, parecía sonreír una sonrisa mínima que se dividía y multiplicaba en mil sonrisas y mil sonrisas mínimas. Los hombres seguían o parecían seguir con sus conversaciones infinitas, con sus juegos infinitos de cartas, interrumpiéndolos apenas para observar los cambios en el rostro de José y la sonrisa sarcástica del tentador o para escupir restos húmedos de cigarrillos liados a mano. Y el rostro de José se transformaba. Los sucesivos vasos iban llenándolo, poco a poco, de una alegría sin razón, una alegría de carnaval y mascarada. El demonio sonreía. Sonriendo, preguntó ¿cómo estás, dónde está tu mujer que no la he visto? Por un momento, los ojos de José brillaron y dejó de murmurar risas para responder está donde tiene que estar, de donde nunca salió. Las voces entremezcladas de los hombres eran entonces como un mar que extendía olas de palabras sobre las cabezas; olas que partían de un rumor y se extendían dilatadas en un barullo difuso, para retirarse después, dejando en el aire desperdicios de palabras, sílabas inútiles y desordenadas como trastos viejos en un basurero. ¿Nunca?, dijo el diablo riendo y sonriendo. Calló José y callaron los hombres para oír la respuesta que no dio. Dos vasos de tinto, insistió el tentador, sonriendo. Sabes, continuó mientras sonreía, me ha dicho el gigante que la conoce mejor que tú, que sabe mejor y con más certeza por dónde anda, dónde está ella. Desde la lejanía blanca de su aura de alcohol, José se detuvo para entender. Bajo el polvo, los hombres, como topos, abrieron unos ojos pequeñitos, queriendo reír pero sin saber cómo, apenas gruñendo. José respondió ese gigante ya ha mentido bastante; mi mujer está donde sé que está, donde debe estar; y a ése, si lo ves, dile que se me aparezca, que se me aparezca. Y levantó el puño cerrado muy alto y, en un movimiento prolongado, golpeó el mostrador. La perra se levantó y salió lentamente. Y José aún dijo que se me aparezca y lo reviento. Se hizo una pausa en el rostro de los hombres y, tras esperar el momento preciso, todos a un tiempo, empezaron a bailar, a volar en círculo, a dar vueltas alrededor de José. Él, que apenas distinguía sus contornos difusos y la mezcla de colores, recuperó la alegría en su rostro y rodó y bailó y cayó y cayó y se levantó y volvió a bailar. En un rincón, el demonio sonrió, finalmente satisfecho de sonreír.

Este silencio de espera me inquieta. La última oveja se ha tumbado bajo el alcornoque grande junto a los cuerpos enroscados de las otras. Pienso: los hombres son ovejas que no duermen, son ovejas que son lobos por dentro. El sol sigue siendo fuego y sol en la lenta combustión del aire y la tierra. En la misma sombra que yo, apoyado en el mismo tronco, el cayado parece una persona que me mira con dolor. Ante mí, pesada, la perra levanta a veces la mirada, sabiendo también ella lo que va a suceder.

Los pasos solemnes de la perra precedían los inciertos de José. De tanto en tanto, se detenía a esperarlo. Bajo el cielo, cuando José dejó el pueblo y entró en la carretera de arena de la hacienda que llamaban "el monte de los olivos", la noche quedó más oscura, negra. La melodía que los hombres habían gritado en la venta de judas sonaba aún murmurada en su cabeza perdida. Recortado en la escasa claridad de la noche, su bulto era el de un extraño animal de tres o cuatro patas, según estuviera apoyado en el cayado o caído de bruces en el suelo. Y así avanzaba desordenadamente, cuando comenzó a desconfiar de las matas y matorrales de las cunetas. Y ora atacaba al bosque y a los fantasmas invisibles con el cayado y acababa él mismo en el suelo, ora corría huyendo y sentía que sus pies, súbitamente demasiado grandes, tropezaban uno con otro.

La valla antes de la hacienda le mostró el sol alzándose sobre los tejados de la casa de los ricos. Al igual que la oscuridad, el alcohol, dentro de José, se había diluido lentamente con la llegada de la luz. Sintió de nuevo la cabeza nítida y el peso de la sobriedad. Mirando al sol de frente, José se paró y se convenció de lo que iba a suceder. Se detuvo. Y subió. En cuanto pasó el portón, la perra avanzó más descansada y, bajo la alberca de la ropa, se desmoronó. La casa de José, encalada y con rayas amarillas, quedaba a algunos metros de la casa de los ricos, al fondo del patio, tras la noria y un pequeño jardín que la señora quería que se conservara. José dirigió la mirada al umbral de la puerta de su casa, atravesó el jardín agostado, separó las cintas y entró. En la noche que aún quedaba en la habitación, sin romper el silencio que las cosas hacen al existir, José distinguió a la mujer sobre la cama y recordó la sonrisa del demonio, y recordó sus palabras. La cabeza de la mujer sobre la almohada, los cabellos de la mujer sobre la almohada eran al mismo tiempo lo que había conquistado y lo que se le escapaba. Y se giró hacia la cuna y sus gestos suaves se hicieron aún más suaves. El rostro inocente del hijo brillaba en el pecho y en la mirada enternecida de José. Por un instante, se miró las manos y las encontró demasiado toscas para tocar la serenidad de aquella piel. Encerrado en su certeza que lo entristecía y lo entristecía, salió.

Silbó y la perra se levantó fresca. Desató el nudo de alambres que sujetaba la cancela y sintió a la perra pasar por entre sus piernas. Mientras el sol ganaba fuerza a los pies del cielo, la perra hizo salir a las ovejas en una corriente precisa, y las primeras, que sabían el camino, arrastraban una capa cada vez mayor de cuerpos delgados, en la mañana, una marea oceánica y graciosa de ovejas esquiladas.

El mundo se ha detenido en una escena donde sólo puedo continuar, donde el cayado sólo puede permanecer, donde sólo puedo continuar esculpiendo con la navaja una forma en este pedazo de rama, donde el cayado sólo puede permanecer vigilando la llanura como un anciano solemne.

Todos los pájaros han huido. Todos los animales del suelo han dejado de oírse. Todas las nubes se han detenido. Se acerca el momento. Miro de frente al sol. Pienso: si el castigo que me condena se cierra en mí, si acepto el castigo que llega y lo guardo, si consigo mantenerlo aquí dentro, tal vez no tenga que soportar nuevos juicios, tal vez pueda descansar. Tras la tierra, surge el gran rugido del silencio. El horizonte avanza hacia mí en un incendio. Y lo distingo. Viene directo, con pasos de máquina. Su cuerpo, mayor que el de los hombres, es como el de un árbol que anduviera, es como el de un hombre que fuera del tamaño de tres hombres. Y con cada paso suyo, se acerca tres pasos de hombre. Bajo los alcornoques, las ovejas se han convertido en figuras enroscadas, redondas e inmóviles de lana. Más cerca, me observa sin desviar la mirada. Más cerca, la rabia de sus ojos me sujeta y me empuja poco a poco. Frente a mí, permanece inmóvil. Nos miramos.

Se miraron. Sentado bajo un alcornoque grande, José sostenía la navaja abierta y un trozo de rama con la corteza esculpida. Apoyado en el mismo tronco, a su derecha, estaba el cayado. La figura inmóvil del gigante cubría el sol y extendía desde sí una sombra que acababa en la sombra redonda del árbol. Desde el interior del silencio, como desde el interior de un sueño, el gigante empezó a andar. José le miró, como si esperara, como si hubiera pasado mucho tiempo durante aquellos dos pasos largos, y sintió tres puntapiés seguidos en el pecho, y no se defendió. No buscó el cayado, no apretó los dedos en el mango de la navaja. El gigante abrió mucho las manos enormes y lo lanzó al suelo. José miró y no se encogió cuando las botas perchadas del gigante comenzaron a molerle la carne y a chocar, rígidas, con sus huesos: en las piernas, puntapiés en los huesos, en las pantorrillas, puntapiés en la espalda. Los instantes que pasaron en silencio, y que a José le parecieron una noche, no fueron una noche, fueron algunos instantes dentro del silencio. Sudando, el gigante giró el cuerpo inerte de José. Y, a pesar de la sangre y del polvo en la piel, la mirada de José era la misma. El gigante quiso pegarle más y apagar aquella mirada, pegarle tanto; pero, en lugar de eso, se volvió y, sin mirar atrás, desapareció. Sobre la tierra, el cuerpo abandonado de José estaba como un arbusto o una piedra o cualquier otro cuerpo que el viento arrastra poco a poco. El cantar de los gorriones y de los grillos y de las cigarras se iba aproximando. José miraba directamente al sol. En la mano, aún sostenía la navaja abierta.

Tal vez se haya levantado apenas algo de brisa y las hojas de los alcornoques tiemblen ahora, como manos de viejo. Siento el cuerpo pegado a la tierra; mi cuerpo extendido, sumergido en las olas inmóviles de la tierra. Tal vez los pájaros y los bichos hayan vuelto ahora, para verme. Veo el sol ante mí, muy encima de mí, como un dios que me cerca con rayos de luz o de muerte. Pienso.

Estaban los tres apoyados en uno de los grandes depósitos de aceite. Eran cuatro depósitos muy altos, cuadrados, con espitas al fondo. Bajo las cuatro espitas, había cuatro baldes que recibían, en instantes precisos, el pequeño grito de gotas de aceite atravesadas por una luz muy limpia. Era verano en la hora caliente de aquel día de verano, pero allí, en aquel compartimento oscurecido del lagar, el verano ardía apenas en la imaginación apacible de los tres ancianos; bajo las tejas y el hielo grueso de la cal y de los viejos ladrillos, sus cuerpos olvidados recordaban el fresco. Era verano y sobraba poco aceite en los depósitos de hierro, pero el olor estaba acumulado hacía muchos años y caminaba lento por el aire, envolviendo y atravesando y mezclándose con las palabras pesadas de los ancianos. El viejo Gabriel era el que estaba sentado más a la izquierda, hablaba con la mirada baja, alzándola apenas durante los breves silencios. Bajo la camisa negra de un luto muy negro, tenía el blanco tosco de la camiseta, tenía la piel parda. En la cara, además de la mirada grande como un lago y de la generosidad profética de los surcos de la piel, le crecía una barba compacta de telas de araña. Sujetaba la boina y la retorcía en las manos.

Cuando lo encontré estaba como muerto. El día había empezado en la ventana, cuando sentí a su mujer llamar a la puerta. Tenía una jarra de leche en el fuego y no la bebí. Salió ayer con las ovejas y no ha vuelto. He pasado la noche inquieta, sin dormir, sin pensar en otra cosa. Ella habla muy poco. Escoge las palabras, como se escogen las naranjas en las ramas más bajas, los perros más fuertes de una camada. ¿Dónde andará el hombre? Ayúdeme. Habló más esa mañana. Y, quizás, fue por eso por lo que me pareció tan sincera. Si José no hubiese llevado las ovejas, habría creído que había bebido mucho y se había olvidado del camino que lleva de la venta de judas al "monte de los olivos"; pero llevándolas, lo conozco desde cuando iba aún detrás de su padre, cogiendo grillos y colocando trampas a los gorriones, y sé, pero lo sé seguro seguro, que sólo por problemas muy graves dejaría de cumplir con su obligación. Mis botas en la arena hacían un ruido arrastrado. Al andar, me escuchaba y sabía que algo había sucedido. Cuando lo encontré, estaba como muerto. Tenía el cuello torcido en un gesto inerme y su cuerpo, tendido en la tierra, era como una piedra que hubiera nacido allí, quieta, y modelada por un extraño capricho con la forma exacta de un hombre. La perra, aliviada del trabajo de mantener toda la noche las ovejas reunidas, corrió hacia mí como un niño a contármelo todo. Me lamió las manos mientras yo le hacía carantoñas en la cabeza. José, como muerto, seguía, con los ojos vidriosos, muy abiertos, mirando fijamente al sol. Con la ayuda de la perra, lo apoyé en el tronco y, como no podía con él, fui a la hacienda, a buscar una carretilla. A la subida, sin que yo pudiera evitarlo, su mujer me miró largamente y me leyó la mirada. Ya desinteresada, preguntó por él, esperó mi respuesta y, sola, regresó al silencio. Con las piernas y los brazos doblados fuera de la carretilla, casi tocando el suelo, José se mantuvo durante todo el camino con los ojos abiertos. Frente a nosotros, la perra apremiaba al rebaño. Él, como muerto, miraba fijamente al sol y el corazón levantaba una palpitación en la tela de su camisa cada vez que batía.

A la derecha del anciano Gabriel, con las miradas paralelas, presas en puntos abstractos y desenfocados, estaban los hermanos. Sus miradas eran iguales, pero no veían lo mismo. Eran la misma mirada viendo dos cosas. Durante los meses en que estaba parado, eran los hermanos quienes se encargaban del lagar. Siempre juntos, siempre uno junto al otro, habían envejecido al mismo tiempo: tenían la misma curva en la espalda, el mismo andar poco ligero y, aunque no lo supieran, el mismo número exacto de canas en la cabeza. Habían pasado ya mucho más de setenta años desde la mañana de pleno agosto en que, al mismo tiempo, nacieron, desgarrando a la madre a su paso. Contaban los más ancianos, que lo habían oído a sus padres que, en cuanto les cortaron los cordones umbilicales, la madre los miró y vio que eran siameses. Murió algunos minutos más tarde, sin decir una palabra. Su entierro fue seguido por todo el pueblo y sentido como una tragedia de las más grandes. Toda la gente del pueblo daba el pésame al padre de los hermanos, por la esposa y por los hijos, pues todos pensaron que unos niños así no saldrían adelante. Pero, en el momento en que la madre era enterrada, los niños dormían sobre tres cobertores doblados, en la habitación del padre, junto a la cama donde la madre se había ido en sangre. Con la piel muy arrugada, los niños dormían con las manos que tenían unidas levantadas sobre la sábana que los cubría, como con un orgullo inocente de ser hermanos. Y, bajo la mirada preocupada de la gente, crecieron como crecen los niños. Con los años, muchos quisieron analizar sus manos y todos se estremecían con lo que veían: la mano derecha de uno y la mano izquierda del otro estaban unidas por el dedo meñique. Tenían las manos muy elegantes, finas, dedos largos, pero a partir del último nudillo del meñique, los dos dedos se fundían y terminaban en una sola uña. Todos los que veían aquello inventaban maneras de separarlos, pero el más insistente fue el hombre que arrancaba dientes con un alicate. Vehemente, decía conocer hombres que habían cortado muchas piernas y muchos brazos en la guerra, y que había leído muchos libros, incluso con dibujos, y que cortar un dedo a un niño era más fácil que podar una parra. Y el padre de los hermanos le preguntó ¿y cómo voy a decidir quién de ellos se va a quedar sin dedo? Y el hombre que arrancaba dientes con un alicate, le respondió enseguida, ya había pensado en eso, lo más justo es cortarles el dedo a los dos. El padre de los hermanos le miró durante un instante y no volvió a hablar con él.

Los hermanos se llamaban Moisés y Elías. Para quien estuviera delante de ellos, Moisés era el de la izquierda, Elías el de la derecha. Por un motivo evidente, Moisés era diestro y Elías era zurdo. Aparte de ese pormenor, eran iguales en todo. Pero, a pesar de ser iguales en todo, de moverse con una extraordinaria coordinación, de ser indistintos a la vista, había una diferencia que los separaba o que, quizás, los unía aún más: Elías no hablaba. O mejor dicho, hablaba, pero sólo al oído de Moisés que, si era necesario, se apresuraba a dar voz a las palabras susurradas de su hermano. Era así desde niños. Algunas personas juraban haberlos escuchado desprevenidos, decían que intercambiaban palabras en una lengua bárbara, quizá extranjera, casi una lengua de animales, pero nunca se aclaró si era así. Y, en la penumbra tenue, en la sombra muy fresca que los depósitos de aceite proyectaban en la escasa luz, fue eso lo que sucedió. Elías se acercó al oído de su hermano y susurró algunos sonidos silbados. Moisés escuchó y repitió en voz alta lo que su hermano le había dicho.

Nunca vi a nadie tan entusiasmado por casarse como José. La víspera de su boda, estuvimos en la venta de judas y sus ojos, muy abiertos, sólo reían. Todos los que estaban allí sabían que era una risa que quería olvidar muchas cosas, que quería olvidar el gigante y todo. Quería casarse y se casó, pero nunca consiguió olvidar lo que le había pasado a su mujer, porque el resto de la gente no lo olvidó nunca, porque la mujer no lo olvidó nunca, porque la gente hablaba con él con cuidado de no hablar de su mujer, con cuidado de no hablar del gigante.

Recuerdo a su mujer, cuando todavía era muy pequeña, cuando aún vivía su padre y trabajaba en el horno de ladrillos. En aquella época, de madrugada, en pleno verano, pasábamos con el carro hacia la majada de tomás, y su padre estaba ya de vuelta del pozo con baldes de agua y trabajando el barro con la azada o amasándolo con los pies. Y, a esa hora, había ya moldes llenos y una serie de ladrillos apilados secándose al sol todavía fresco. Y ella, como no tenía madre, andaba por allí, con un vestidito muy sucio, simpática, se asomaba a la carretera, nos daba los buenos días y, por unos metros, se subía a la trasera del carro. Al final de la tarde, cuando pasábamos hacia el pueblo, el padre estaba delante del horno, sudando, como si su piel fuera de agua, como si su piel fuera la piel de un río, estaba delante del horno y disponía, entre las brasas y las llamas, hileras de ladrillos. Ella, con el vestidito más sucio, se acercaba de nuevo, nos daba los buenos días y se volvía a colgar de la trasera del carro. En lo alto de la carretera, cuando llegábamos a la curva, miraba hacia atrás y veía a aquel hombre solo, trabajando entre las llamas, y a aquella niña pequeña, corriendo contenta alrededor del tejero.

Elías dejó de hablar al oído de Moisés y el silencio que, incluso durante las palabras, estaba ya allí, fue único entre los rostros de los tres ancianos. Por un instante, las gotas de aceite en los baldes volvieron a la importancia de su eco. Por un instante, las sombras. Y fue la voz de Moisés, ahora dicha por él, la que sonó, tenue, como si no moviera los labios al decirla, de tan tenue, tan fina, tan frágil.

Todavía no habían enterrado a su padre, tosía carbón y ceniza, sobre la cama, sobre las sábanas, cuando fuimos a verlo. Sé que fue un domingo y que era septiembre. Era una cama de hierro que gritaba con una sacudida cada vez que él tosía. La mujer de José era una muchachita delgada, de unos dieciséis años de hambre y de escasez. Y andaba por todos los lados, se colaba por entre nosotros, corría, como si algo que ella hiciera pudiera salvar a su padre de morir, como si el que ella trajera una toalla lavada: una toalla que había fregado y refregado contra las piedras y puesto al sol: como si una toalla que ella trajera pudiera salvar al padre que tosía nubes de humo y chorros de sangre como si tosiera los pulmones; como si el que ella trajera un vaso de leche: leche que ella pedía y le negaban, que ella pedía y le negaban, que ella pedía y se la daban diciendo no vuelvas a aparecer nunca más: como si un vaso de leche le impidiera arder por dentro y, luego, vomitar todo y vomitar el vaso de leche.

Ella corría porque el padre era la única persona. Fue un mes de septiembre, por la tarde. A él todavía no lo habían enterrado y, yo me fijé en ello de vez en cuando, por la calle, el gigante pasaba y se agachaba para espiar por la ventana.

Todavía no habían enterrado a mi padre cuando los hermanos fueron a verlo. Recuerdo especialmente el estorbo de aquellos hermanos pegados por el dedo, siempre delante de mí. Yo me desviaba hacia la izquierda y uno de ellos frente a mí, me desviaba hacia la derecha y el otro o el mismo frente a mí. Yo volvía con la leche tibia y la espalda de uno frente a mí, yo me apartaba y la misma espalda frente a mí, me apartaba una vez más hacia el otro lado y de nuevo la misma espalda frente a mí, yo intentaba una finta y conseguía, finalmente, pasar. Aquellos hermanos, como muñecos de papel recortados y unidos por las manos, muñecos inseparables condenados a un corrillo perpetuo. Y mi padre. Que moría lentamente, yo sabía que él moría lentamente y no quería creerlo. Mi padre, que era la única persona, gastando sus últimas fuerzas para decir, cuéntenme, ¿cómo está la tejería? Se moría lentamente y preguntaba por los hornos y por el pozo. La tejería que nunca fue suya y que fue más suya que del doctor mateus, que nunca llevó un balde de barro, que nunca se ocupó del barro con las manos, con los pies, que nunca vio barro. Vete a llevar la renta al doctor mateus, hija. Y yo, bajo un sol de justicia, recorría el camino del "monte de los olivos", con un billete muy apretado y muy sudado en la mano; y me encontraba de frente con José y le decía traigo la renta para el señor doctor mateus; y José, sin reparar en mí, guardaba el billete. Cuando regresaba, más lenta y despreocupada, me detenía bajo los alcornoques para refrescarme la cabeza, y me quedaba pensando en la tristeza hermosa de los ojos de José. Cuando llegaba a la tejería, allí estaba mi padre mirándome, como me miró antes de morir, encerrado en un silencio de no poder decir lo que sentía y diciéndolo en una mirada muda. Recuerdo a los hermanos quietos, como buitres en las ramas de la muerte, y la cintura gruesa del gigante pasando para acá, pasando para allá, en la calle, tras las cortinas pobres de tul. Y mi padre, callado durante largos momentos, como si estuviera pensando en algo que sólo él sabía y sólo él podía saber, con la misma mirada que José lanza ahora al aire, directa y sin dirección. José que no va a morirse, como mi padre, pero que parece saber los secretos reservados a los moribundos. José que está tumbado entre las sábanas que lavé ayer, roto, envuelto con una venda alrededor del pecho, mirando, como los ángeles en los altares de las capillas, con los ojos muy abiertos. Envuelto en una venda, porque ayer hice venir aquí al curandero y, después de hacer crujir los dedos en una escala sinfónica de huesos, clavó las puntas de los dedos en la piel de José. Le pasó las manos por la columna, por el cuello, examinándolo, para ver si faltaba algún trozo, y cuando llegó a las costillas dijo ¡aquí es!, le miré y él repitió ¡aquí es!; luego, en silencio, hundió profundamente sus dedos en el pecho de José y, tras un estallido que resonó, dijo si no le hubiera estirado la costilla, podía haberle atravesado los pulmones. Le pagué y dejó a José envuelto en una venda. Pero la mirada permanece. ¿Cree que soy un curandero de miradas? El niño se ha dormido hace poco y, aunque ahora pudiera descansar un poco, he estado inquieta. Esta habitación me hace recordar la habitación en la que murió mi padre y, con la sugestión, incluso me ha parecido que el bulto del gigante pasaba por la ventana.

Para acá, para allá. Igual que el día siguiente al que murió mi padre, aún su cuerpo estaba fresco e intacto bajo tierra, aún los bichos no lo habían descubierto y se entretenían royéndome el corazón con el mayor de los dolores, el dolor profundo de tener un padre muerto, un solo padre, una sola persona que sufría por mí y se preocupaba por mí y me quería, y no tener ya a esa persona; el día siguiente al del final de mi infancia, el gigante llamó a mi puerta y no me repitió con voz consumida las frases de condolencia, cantadas como una letanía o una plegaria; miró mi cuerpo delgado y me abrazó. Así. Me abrazó y me levantó en el aire y me apretó mucho. De nuevo, la niña en los brazos de su padre, dando vueltas, en los brazos fuertes de su padre y sonriendo de nuevo en un mundo sólo de mañanas y primaveras, la niña pequeñita que puede sonreír. Y sobre las sábanas, mi cuerpo desgarrado, lacerado por dientes caninos de lobos, mi cuerpo desgarrado abriéndose en un chorro de sangre que no brotó. Sobre las sábanas frías de la cama de mi padre, las sábanas como mármol, sobre el frío, la ausencia de mi sangre. Y el gigante, sobre mí, llamándome puta. Al oído, puta. Y el techo de la habitación que se deshace en lágrimas, que se convierte en un cielo de noche en la noche. Yo que nunca había conocido a un hombre ni nada de aquello, oía, cada vez que el hálito volcánico del gigante me calentaba la oreja, puta, en suspiros susurrados por el viento, puta. A los pies de la cama, se abotonó, observándome siempre con una mirada sonriente. Y yo, sobre las sábanas, como una muñeca rota, con el pelo desordenado, con los brazos separados del tronco, con las piernas arrancadas, con la cabeza torcida. La noche siguiente, el gigante volvió, y volvió la siguiente, y la siguiente, y la siguiente. Yo le abría la puerta y no le miraba, bajaba la cabeza y, en la habitación de mi padre, lo sentía revolverme con una lanza. Todas las noches, el techo se abrió para mostrarme las estrellas que no existían en el océano nocturno de aquellas noches. Cuando me faltó el periodo y dejé de ir a la par con la luna, no se lo dije al gigante, porque él nunca oyó mi voz, porque nunca hasta hoy le he dicho una palabra. La tripa me creció muy deprisa. Con quince días, tenía una tripa como las de dos meses; con un mes, tenía una tripa como las de cuatro meses. Cuando las tenazas, heladas, entraron dentro de mí, dejé de sentir. Dejé de oír. Dejé de ver. Sé que la vieja de manos ásperas y dientes postizos tenía un delantal de plástico; sé que me tendieron en una cama dura, como los bancos de las matanzas; sé que colocaron un barreño debajo de mí para recoger la sangre, como la sangre fresca de los cerdos, que se remueve con una cuchara de palo para que no se coagule; pero no vi, no oí, no sentí. Sorda, ciega, ni siquiera imaginé la criatura que me extirparon como se extirpa un tumor o una brujería. Fue como si hubiera una espesa niebla dentro de la vida, que me entraba por los huesos y me cegaba para lo que no existe: las mañanas; el cielo limpio; las primaveras; el consuelo de tus abrazos, padre. Y ya no era una niña. En casa, por la noche, el gigante no volvió. Envuelta en el chal negro de mi luto, pasaba pegada a las paredes y las conversaciones se detenían cuando me acercaba y las mujeres o los hombres se quedaban mirándome, como si buscaran mis ojos, como si quisieran humillarme con los ojos, como si con los ojos me llamaran puta, con los ojos me siguieran siempre y mi conciencia fueran aquellos ojos que me repetían puta. Cuando llegó la época de la aceituna yo aún no había conseguido trabajo y vivía de lo que mi padre me había dado en mano, entre copos sólidos de humo que tosía sobre palabras asmáticas: lo poco. Cuando llegó la época de la aceituna, murió de vejez la vieja criada del doctor mateus, murió preocupada por el desayuno del niño mateus; porque, para ella, el doctor mateus, casado, padre de muchos hijos, seguía siendo el niño que la señora se dignó amablemente parir sobre las sábanas de lino. Tras la fatiga de los caminos que llevan al "monte de los olivos", pedí cubrir la vacante y fui admitida inmediatamente, pues el doctor mateus todavía no había desayunado. Y José, que ahora está como muerto, pero que no ha muerto, porque conozco el olor de la muerte, tan diferente de los ojos de vidrio que rumian una condena; José aparecía en ocasiones para encargarse de las ovejas o para llevar, con su padre, brazadas de leña para el enorme hogar de la casa de los ricos. En esa época, el viejo Gabriel ya era un viejo de más de cien años y se encargaba de las berzas y de las hortalizas de la huerta. Yo pasaba los días encerrada en casa. Por la noche, dormía en el sótano con las demás criadas en camas de hierro. Ninguna de ellas me hablaba. Nunca más volví a ver al doctor mateus, dejó de aparecer por la hacienda. De vez en cuando, llegaban postales de ciudades extranjeras para la señora, ciudades que yo inventaba a partir de las singulares fotografías de un edificio enorme en punta o de un edificio inclinado en el momento de caer, ciudades que yo inventaba hasta que la cocinera gritaba. Llegaban postales para la señora, pero también ella había hecho las maletas y se había ido. Estábamos solas, pero hacíamos todo como si estuvieran los señores. Y fue por esa época cuando, mientras estaba limpiando el polvo, empecé a oír la voz que estaba encerrada en un baúl. Un baúl como los demás, antiguo y encerado, como antiguo y encerado es todo en la casa de los ricos; un baúl en el corredor principal, bajo un cuadro de bigotes retorcidos; y, dentro del baúl, una voz. Primero pensé que sería una persona que estaba allí encerrada, pero, y esa tarde me habló, la cocinera me dijo no hagas caso, sólo es una voz. Esa voz apagada que hablaba solemnemente, como si estuviera leyendo una epopeya de un libro, dijo: tal vez los hombres existan y sean, y tal vez no haya ninguna explicación para eso; tal vez los hombres sean fragmentos de caos sobre el desorden que encierran, y tal vez sea eso lo que los explica. No conseguía ignorar la voz que está encerrada dentro de un baúl. Era una voz de hombre. La semana siguiente a ese descubrimiento, fingí tareas sólo para estar en el corredor principal escuchando la voz. Decía frases que me parecían muy ciertas y, aunque yo no le respondiera nunca y la voz que está encerrada dentro de un baúl quizá ni me presintiera, empecé a tenerla por amiga. Me quedaba escuchándola y decía que sí con la cabeza o fijaba la mirada en las ideas que ella levantaba como si levantara horizontes. Cuando las otras me veían sin hacer nada, me empujaban desde el corredor principal hasta la cocina. La cocinera me ponía los cestos de mimbre en las manos y me mandaba a hacer un recado al pueblo. Y, entre los trigales, bajo los alcornoques, recorría el camino de arena y de sol hasta el pueblo y, cuando llegaba, me pegaba a las paredes y los grupos de mujeres y de hombres me miraban buscándome bajo mi bulto y, al pasar, oía se hizo un aborto, oía aborto y me avergonzaba más y me pegaba más a la pared hasta ser casi una hoja de papel encogida contra la pared. En el ultramarinos, no pedía lo que quería, tendía el papel con la letra analfabeta de la cocinera y todo iba a parar a los cestos. Daba un gran rodeo para no pasar por la plaza, pero nunca conseguía escapar del demonio, que en una esquina, bajo una sombra, me esperaba, sonriente. Y, bajo aquella sonrisa, mis piernas se enredaban, como hilos de hilvanar; mis piernas se hacían de plastilina blanda y, cargada con los cestos bajo los brazos, en la cabeza, en las manos, era como una artista de circo borracha patinando ante un alambre. Era como si aquella mirada me desnudase de todo, de todas las murallas que tengo para esconderme de los otros y, también, para esconderme de mí misma. Cuando llegaba al principio de la carretera, estaba ya cansada. Cargada como una mula de gitanos, a pleno sol, sudaba y, en silencio, maldecía a la cocinera. En el fresco de la cocina, me sentía como si hubiera atravesado muchos desiertos; entonces se me concedían cinco minutos para recuperarme. Con un trozo de cartón, me abanicaba la cara y dentro del escote. En la silla torcida, separaba las piernas y sentía el alivio de una brisa en los muslos en carne viva. Esos días, siempre diferente, la voz que está encerrada dentro de un baúl, decía: tal vez el sufrimiento sea arrojado a las multitudes a puñados y tal vez la mayor parte caiga sobre unos y un poco o nada sobre los demás.

Pienso: tal vez el sufrimiento sea arrojado a las multitudes a puñados y tal vez la mayor parte caiga sobre unos y un poco o nada sobre los demás. No el dolor, no las piernas torpes de manchas negras, no las costillas partidas que se unen entre la sangre pisada, no la cabeza que se rompe en tentáculos como rayos, no la piel de las pasiones agotadas que abren hondas grietas en la carne como latigazos de una impotencia absoluta; sino el sufrimiento, permanente y constante, como todos los huesos expuestos que atraviesan los músculos y la piel. Me duele el cuerpo y sufro sin sentirlo. Sé que mi mujer vaga por la casa. El niño se ha dormido y ella podía descansar, pero está inquieta. Vaga por la casa y no sé qué piensa. No la conozco. Como si apenas la viera y fuera siempre la primera vez. Sin oírla, sin sentirla, observando sus movimientos sin historia, sin entender nunca sus razones. Muchas veces me he fijado en su cabeza pequeña de niña, en su mirada intensa, pero nunca he podido atravesar sus paredes, sin puertas o ventanas en el sentido, nunca he podido caminar por sus salas y alumbrarlas con un quinqué, por muy débil, por muy oscuro. Sé de ella tanto como el día en que me dispuse a conocerla.

Cuando llegó la época de la aceituna y la mujer de José se empleó en la casa de los ricos, su cuerpo era el de una niña cansada. Muy delgada, andaba por la casa y por los rincones; con los hombros caídos que prolongaban su cuello, su presencia era una mancha a quien se daban órdenes. Ni José, ni las otras criadas, ni la cocinera, ni el viejo Gabriel, ni nadie le decía nada de nada ni le escuchaba una palabra, una interjección descuidada, un suspiro, un murmullo, un soplo. Pero, si subían a uno de los carros que llevan a los trabajadores al campo e iban al pueblo, si iban a la plaza y entraban en la venta de judas, todo el mundo les preguntaba por ella y todos decían aborto y decían se hizo un aborto. Y ni José, ni las otras criadas, ni la cocinera, ni el viejo Gabriel, ni nadie respondía.

Pasados dos veranos, la cocinera, harta de preparar filetes de vaca y guisados de cordero y filetes de vaca y guisados de cordero, harta de ver los filetes de vaca y los guisados de cordero enfriarse en la mesa sin que el doctor mateus separara su pesada silla de madera oscura y de cuero y sin que el señor doctor mateus se sentara y llenara el vaso de vino y lo oliera y lo mirara a contraluz y sólo después quizás lo bebiera, harta de ver los filetes de vaca y los guisados de cordero enfriarse en la mesa sin que la señora se colocara la servilleta al cuello con el bordado blasonado hacia arriba y sin que la señora se sentara o llegara al menos del dormitorio vacío donde no había dormido, harta de ver las fuentes de filetes de vaca y de guisados de cordero vaciadas en el plato de los perros, decidió salir de la hacienda e irse a vivir a una casa encalada del pueblo. Súbitamente, en el instante en que la cocinera, con el pañuelo de salir de la hacienda, se despedía, arrastrando cestas de merienda cerradas con cuerdas y cargadas de calzones de franela para el carro: en el momento en que las mulas se impacientaban por esperar a la cocinera que lagrimeaba cincuenta años de servir en aquella casa, súbitamente, las criadas se dieron cuenta de que también ellas estaban hartas de hacer y deshacer de hacer y deshacer las camas hechas y limpias y planchadas de los señores, hartas de limpiar el polvo de los muebles de la sala sin que la señora estuviera tendida en la *chaise longue* censurándolas por no hacer nada como ella, sentada en la *chaise longue*, les ordenaba, hartas de limpiar el polvo de los muebles del corredor sin que el señor doctor mateus llegara astuto por detrás y, con un susto de muerte, las agarrara por los senos y les respirara en el cuello. Súbitamente hartas, las criadas envolvieron lo que tenían en el cajón de la mesita de noche dentro de un pañuelo de mocos, porque todo lo que poseían cabía en el cajón de la mesita de noche y dentro de un pañuelo de mocos, y aprovecharon el viaje de la cocinera que, con la compañía, partió mucho más consolada. Y ni la cocinera, ni las criadas repararon en la mujer de José camuflada contra un cantero de malvas. La mujer de José que, a partir de esa mañana, se quedó al cargo de la casa de los ricos.

Lavaba las alfombras cuando estaban sucias, limpiaba el polvo cuando lo había, no hacía las camas porque estaban siempre hechas, enceraba las escaleras si estaban por encerar, no hacía filetes de vaca y guisados de cordero porque las criadas sólo estaban autorizadas a comer una sopa pobre, a veces con un huevo. Se encargaba de la casa sin esperar a los señores en cualquier momento, dado que nada llevaba a pensar que los señores pudieran llegar en cualquier momento. Pasaba tardes sentada frente a la voz que está encerrada dentro de un baúl, oyéndola. De cuando en cuando, a pie, iba al pueblo a cargar los cestos de mercancías y oía aborto, oía se hizo un aborto, y al volver, antes de salir del pueblo, se cruzaba con el demonio, que le miraba y sonreía, sonreía.

José acompañaba a su padre o, en esa época, quizás ya fuera el padre el que lo acompañaba a él. José tenía ya sus veintiséis o veintisiete años, y el padre era más viejo que los setenta años que tenía. En la cama, la madre de José moría de una enfermedad que la hacía adelgazar y que hacía que sus ojos se hundieran en las órbitas negras, moría de una enfermedad que la hacía marchitarse como una flor cada vez más amarilla hasta ser sólo amarilla y muerta, una enfermedad que le empezó en el pecho y que se convirtió en todo el cuerpo. Todo el cuerpo de la madre de José era aquella enfermedad. La madre de José moría de una enfermedad que era todo su cuerpo y murió un sábado por la tarde, en medio de un verano que escaldaba. El padre de José quedó aún mucho más viejo, como si al pasar esa tarde, al pasar ese momento en que su mujer murió, ese momento preciso en que su corazón se detuvo en un latido y dejó el pecho en un silencio suspendido esperando el próximo que no llegó, ese momento exacto en que no volvió a respirar y en que dejó caer la cabeza en una última voluntad de sus músculos, como si al pasar esa tarde, hubiera envejecido el doble de su vida y tuviera casi la edad del viejo Gabriel, pero más muerto. José no puede envejecer así. Incluso aquella tarde tuvo que ir a ocuparse de las ovejas y a ocuparse del funeral. Al día siguiente, tras el entierro, también tuvo que ir a ocuparse de las ovejas. Y al día siguiente, también. Y al otro, al otro, al otro. El padre de José no volvió a la hacienda. Dejó de hablar y sólo comía la sopa que le daban a la boca. La hermana de José vivía en el pueblo, estaba casada con el herrero, y fue ella quien recogió al padre. Miren que miseria, decía ella a las vecinas. El padre permanecía todo el día sentado en un banco del patio, delante del gallinero, mirando a ninguna parte, como un ciego. Un día establecido, una vez por semana, llegaba el barbero con mucha conversación, buenos días, y le ponía la toalla en torno al cuello y le hacía la barba, siempre hablando, que si esto, que si lo otro, bla-bla-bla; más o menos de tres en tres semanas, sacaba las tijeras del bolsillo de la bata y, a pesar de la indiferencia del padre de José, nunca dejaba de hablar, y , que si esto, que si lo otro, bla-bla-bla, sacaba las tijeras y le cortaba el escaso cabello casi al rape. Además de ésta, la otra visita más frecuente era la de José. Se sentaba al lado de su padre y permanecían los dos en silencio. José se dio cuenta entonces de que, a pesar de que solían pasar los días juntos tras el ganado y, por la noche, parecía que habían hablado mucho, realmente nunca se habían dicho gran cosa el uno al otro. Y sentados, uno junto al otro, vueltos hacia el gallinero, permanecían, como si la tarde fuera lo que querían decir.

Sin su padre y estando el doctor mateus embarcado, José quedó encargado de las propiedades y los negocios que el doctor mateus mantenía por allí; era como un administrador, aunque nadie le llamara así. Pero ese aumento de responsabilidades no alteró su rutina. Se encargaba del rebaño, como hasta entonces, y ésa era su tarea principal. En ocasiones, iba al pueblo. A visitar a su padre. A visitar a la cocinera. A pasar, sin entretenerse, por la venta de judas y beber un vaso de tinto. Fue en una de esas visitas fugaces cuando apareció, saludando a todo el mundo y sonriendo, el demonio. José bebió el fondo de vino que quedaba en su vaso y, cuando se giraba para salir, el tentador le sonrió y le preguntó por aquella que se convertiría en su mujer, dijo entonces ¿qué tal le va a la moza del tejero? José dijo le va bien, pero de hecho no sabía nada sobre aquello y, con esa respuesta, todo lo quería era responder sin responder y salir de allí. Pero todos los hombres los estaban mirando y escuchaban. El demonio, cubierto por una sonrisa quizás nerviosa, dijo he oído decir que todavía no ha olvidado lo que hizo y quiere repetirlo en cuanto encuentre al hombre apropiado. José atravesó las miradas y los cuerpos; y, en la puerta de la venta, dijo nada de eso me incumbe, y salió.

A primera hora de la mañana siguiente, José llamó a la puerta de la casa de los ricos y puso más atención en el rostro triste y apagado que se la abrió. Y mientras pasaba por la cocina, acarreando brazadas de leña de encina y jaras, miraba, fijándose finalmente en ella, en sus brazos, en la fragilidad, en la piel blanca. Y, cuando ya la mañana era verdadera mañana y el sol tibio calentaba, José se escondió tras la noria para verla tender la ropa en los alambres. Fina, delgada, dejó el barreño y José se quedó fascinado con aquella figura fina, delgada, que, creyéndose sola, pasaba entre la claridad expuesta en la superficie de las sábanas y se mezclaba con ella, porque también su piel era blanca y reflejaba el sol. Más tarde, cuando soltó las ovejas y las llevó al campo, pasó todo el tiempo pensando en aquella piel y aquella claridad. A partir de ese día, se dispuso a conocerla.

Pienso: tal vez el sufrimiento sea arrojado a las multitudes a puñados y tal vez la mayor parte caiga sobre unos y un poco o nada sobre los demás. Sufro. Sé que mi mujer vaga por la casa. No le miro. Miro el sol en el cielo sobre la casa. Veo a través del techo y de las tejas. Miro el sol de frente. Y su luz. Como una corriente fluvial que entra a través de mí y luego me llena. Me purifica. Y más allá de esa corriente que me limpia, como si no fuera luz y fuera agua, sé que mi mujer vaga por la casa. Aunque mis ojos no la vean, yo la veo. Piensa. ¿En qué piensas, mujer? ¿Quién es tu rostro? Y no hay un silencio que me responda. Sólo el silencio donde no me entiendo, donde no la oigo. Sólo un silencio de olvido e indiferencia y silencio. Distante de este tubo de sol y junto a mi piel, vaga por la casa, quizás perdida, quizás segura de lo que sabe. La necesito. No la conozco.

La mujer de José debía tener unos veinte años y pasaba horas sentada en una silla del corredor principal, escuchando la voz que está encerrada dentro de un baúl. José, que debía tener unos treinta, andaba con la ceguera de verla y anotaba en un cuaderno los encuentros: el día, la hora, el lugar y una descripción del suceso. Jueves, nueve y media de la mañana, huerta, ha pedido unas berzas al viejo Gabriel. Muñecas delgadas. Viernes, ocho y cuarto de la mañana, patio, ha ido al pueblo. Sábado, doce menos cuarto del mediodía, ha dado de comer a las gallinas, he oído su voz. José se esforzaba en descubrirle alguna rutina, para así poder esperarla o seguirla con más eficacia; pero ella lavaba la ropa tanto por la mañana como por la noche, no tenía un día fijo para ir al pueblo y daba de comer a los animales cuando tocaba. José sufría por ella. Todavía de madrugada, al despertar, la primera cosa en que pensaba era en ella. Cuando iba a guardar el ganado, pensaba en ella y, en ocasiones, no conseguía ver su rostro, se le gastaba de tanto imaginarla. En esos momentos, cerraba los ojos con mucha fuerza y la reconstruía pieza a pieza: recordaba sus labios, su nariz, sus cabellos, sus ojos y luego lo juntaba todo en la imaginación. Al dormirse, pensaba en ella. Cuando la espiaba, sentía que el corazón le latía veloz en las sienes.

Pasó así los meses suficientes para llenar una docena de cuadernos. Pero ella sabía que él la vigilaba, sabía exactamente qué sentimiento lo consumía, no por haberlo sorprendido alguna vez, no por poseer una cualidad sobrenatural, sino porque era mujer y todas las mujeres saben más de lo que ven, cuando se trata de cuestiones de sentimientos. Y un día, al caer la tarde, cuando la luz desfallecía en una claridad suspendida sobre los campos, y esa claridad estaba en toda la llanura y en todo el mundo, porque el mundo acababa en el horizonte de las llanuras; un día, al caer la tarde, ella atravesó el patio, pasó junto a la noria y junto al pequeño jardín que la señora quería que se conservara, y llamó a la puerta de la casa de José. Cuando él llegó, ella le miraba a los ojos, y el rostro de él se hizo profundo en un momento. Y fue ella quien rompió ese momento, atravesando las cintas en silencio, José la siguió. Y entraron en el dormitorio, e hicieron el amor. Y sin sentir el cansancio del cuerpo trastornado, en silencio, en el momento que soportaba el último esfuerzo del día, salió.

A la mañana siguiente, después de alimentar al rebaño y de recogerlo deprisa, José fue al pueblo. En el patio de su hermana, el padre estaba en la misma silla, como una estatua de mármol que envejecía. José se sentó y, pasada una hora, dijo voy a casarme. No hubo ninguna modificación en el rostro de los dos hombres. Pasada otra hora, estaba ya dando las vueltas necesarias para encargarse de la boda. Se casó pasadas tres semanas.

Fue un sábado de julio. José se puso el único traje que tenía, un traje negro que había pertenecido al doctor mateus y que le quedaba grande en las mangas y se le arrugaba en la cintura, un traje negro que había usado en el funeral de su madre y en la boda de su hermana. Su mujer llevó un vestido blanco, que había pertenecido a la señora y que ella había recuperado de una limpieza. Los casó el demonio, pues era él quien casaba a la gente en el pueblo. Los padrinos fueron Moisés y Elías, y las madrinas fueron la cocinera y la loca de la calle de la paja, porque pasaba junto a la puerta de la capilla y la empujaron para dentro. Los invitados eran el viejo Gabriel, el padre de José, su hermana, el cuñado herrero y el sobrino de siete meses. Vestido de civil, el demonio entró en el altar y, sonriendo, comenzó a leer de un libro negro. El padre de José, desconsolado, en un rincón, estaba más inmóvil que las agonizantes figuras de cera. Su hermana, con un ramo de tulipanes de plástico en la cabeza, abanicaba a su hijo, como un reloj averiado, y los gritos del pequeño resonaban por la capilla como una sirena de bombardeo. La cocinera, de mal humor, rezongaba por el espacio entre los dientes. La loca de la calle de la paja babeaba y se giraba súbitamente de un lado a otro, como un becerro atacado por moscardas. El demonio se calló con una sonrisa abierta. José dijo sí. Su mujer sacudió la cabeza. Los padrinos firmaron todos con una cruz, menos la loca de la calle de la paja que firmó con un garabato. A la salida de la capilla no les esperaba nadie. No les echaron flores. No hubo comida ni brindis. Cada cual volvió para su casa. Esa noche, la mujer de José durmió con él, pero no hicieron el amor.

El domingo, José tuvo que ir a encargarse de las ovejas. La joven novia, con la indiferencia de una casada de bodas de plata, hizo el café y fue a lavar la ropa a la alberca de la casa de los ricos. José no fue a espiarla.

Pienso: tal vez el sufrimiento sea arrojado a las multitudes a puñados y tal vez la mayor parte caiga sobre unos y un poco o nada sobre los demás. Aunque el peso de mi pecho sea penoso, ¿cuál es el peso de un abismo?, aunque me sienta un ciego que avanza sin ojos hacia un precipicio, tengo que levantarme de esta cama. Tengo que levantar estos brazos que no son míos, tengo que levantar estas piernas que no son mías, sino de una roca, e ir a encargarme de las ovejas. Mi perra. El campo. El alcornoque grande. ¿Qué sombra estará ahora debajo del alcornoque grande? Aunque camine por la noche en medio de la tarde, aunque a pleno sol sea lo más negro de la noche y dentro de la noche sea también noche, porque todo es noche a mis ojos, tengo que levantarme de esta cama. Aunque sea para sufrir, tengo que ir hacia eso que seré, por haber sido esto y no poder escapar, no poder escapar de convertirme en algo.

Envuelto en una venda, José se levantó y empezó a vestirse. Su mujer le miró y no dijo nada. El niño se despertó.

L levaban ya un largo momento callados, los tres viejos. Las paredes del lagar condensaban una capa de hollejo que parecía proteger la aspereza del cemento. El color de los rostros absorbía la oscuridad del lagar. Callados, cada uno. Moisés, Elías y el viejo Gabriel, cada uno pensaba en una cosa y cada uno pensaba que los otros pensaban en otra cosa, pero todos pensaban en lo mismo. Moisés pensaba en la boda de José y pensaba en la cocinera que había conocido aquel día; pensaba que Elías pensaría en la mujer de José todavía niña en la tejería y pensaba que el viejo Gabriel pensaría en la mujer de José ya marcada y hecha, en el "monte de los olivos", escondida. Elías pensaba en la boda de José y pensaba en su hermano derritiéndose por la cocinera aquel día; pensaba que Moisés pensaría en la mujer de José todavía niña en la tejería y pensaba que el viejo Gabriel pensaría en la mujer de José ya marcada y hecha, en el "monte de los olivos", escondida. El viejo Gabriel pensaba en la boda de José y pensaba en Moisés tirando de su hermano por el dedo, casi estrujándole el meñique, para acercarse a la cocinera en el altar; pensaba que Moisés pensaría en la mujer de José todavía niña en la tejería y pensaba que Elías pensaría lo mismo que su hermano.

Moisés pensaba en la boda de José y en la cocinera que había conocido aquel día.

Fue un sábado de julio. Yo y mi hermano nos pusimos nuestro traje más nuevo y nuestra chaqueta con botones de marinero que fue la última pieza que hizo el sastre antes de morir, porque no quiso morir sin dejarnos un traje completo para las ceremonias y él fue el único capaz de inventar y construir un intrincado sistema de botones y cierres y correas que nos permitiera vestir camisas, blusas o chaquetas. Como era sábado, nos despertamos algo más tarde, a las ocho y media. Bebimos el café y acercamos dos pucheros con agua al fuego para que se calentaran. Cuando hirvieron, los cogimos con un trapo, porque el barro también quema, y los vaciamos dentro de dos barreños esmaltados colocados en medio de la cocina. Añadimos una nada de agua fría y nos bañamos. Repartimos el jabón azul y nos secamos con la misma toalla. Nos sentamos en dos banquetas junto al fuego y nos cortamos las uñas de los pies y de las manos. Sobre las sillas del dormitorio, junto a los calcetines nuevos y los zapatos lustrados, estaban los trajes, planchados la víspera. Los había planchado Elías, que siempre había sido más sensible con las manos, y los trajes, a pesar de ser los más nuevos que tenemos, fueron cosidos cuando éramos jóvenes por lo que cualquier descuido con el peso de la plancha de brasas podría quemarlos y marcarlos definitivamente. Recuerdo a Elías pidiéndome que agitara la plancha y atizara las brasas, eso sé hacerlo. Como tenemos poca barba, cogimos solo un poco de agua de colonia para la cara y dimos una oportunidad a los dos o tres pelos finos, rubios o blancos.

En la calle, el día era el gran sol que inundaba las paredes y el suelo y el cielo, convirtiéndolo todo, paredes, suelo, cielo también en sol. Caminamos despreocupados y creo que sonrientes. Parecía ser un día de cosas buenas, como siempre parecen los sábados.

Las gallinas se alejaban asustadas de nuestras piernas. Los perros nos miraban cordiales. La gente nos daba los buenos días. Llegamos y la puerta de la capilla estaba cerrada. En los tres escalones del frente, estaba la hermana de José con su hijo en el regazo, y el pequeño lloraba desconsolado, como si quisiera llenar todo el aire de la mañana con la corneta ensordecedora que gritaba, y la hermana de José hablaba un torrente constante de palabras casi incomprensibles: fíjense que vida la mía aquí al sol y no llega nadie que nos abra la puerta y no llegan los novios fíjense que vida la mía éste que no se calla acabo de darle el pecho acabo de mudarle el pañal acaba de despertarse y ya está con la perra del sueño: palabras rápidas y constantes, como un lamento o una obsesión; el herrero estaba apoyado en la pared, muy jorobado y abatido, fumando un cigarrillo y mirando al suelo; estaba el padre de José, sentado en un escalón de la capilla, en una postura de niño, hipnotizado, con una cinta de tela en torno al cuello. Dijimos buenos días. No nos respondieron. No tuvimos más remedio que esperar y fue realmente incómodo. El sol cada vez más próximo. Aquel niño desalmado que lloraba.

Cuando llegó el demonio, nos limpiamos el sudor de la cabeza con las mangas de la chaqueta. Y hasta que acertó con la llave, hicimos cola tras él. Deprimido, el herrero se acercó al padre de José y, con toques suaves, lo levantó y lo condujo, tirando de la cinta que el hombre sin voluntad llevaba en el cuello, como si fuese una correa. De hecho, era igual que una correa. Lo sentó y le desató la cinta del cuello. Nos sentamos. El niño gritaba y parecía imposible que un pedazo tan pequeño de carne pudiera tener tanta fuerza en la garganta para gritar así. Con una sonrisa fija, el demonio andaba preparándolo todo en el altar, y todo lo veíamos, pues la capilla no tiene sacristía. Gastó una caja entera de fósforos que se apagaban al intentar encender una vela, probó una hostia llena de moho, se puso una capa que se le descosió por la espalda. Seguía el demonio en estas andanzas, y llegó ella. Surgió en la entrada de la capilla iluminada por detrás y, desde el principio, aquella silueta me encadenó. Ya sabía que se había mudado al pueblo, pero todavía no la había visto. Durante los cincuenta años que sirvió en el "monte de los olivos", no la vi nunca, porque, siempre que yo me trasladaba a la hacienda, ella estaba ocupada; y, siempre que ella venía a la ciudad, no coincidía que nos cruzáramos. Sin embargo, sabía que ella se había mudado. Sabía incluso que se había mudado a la casa junto a la casa del hombre que escribe en una habitación sin ventanas, y durante esos meses no fueron raras las ocasiones en que inventé disculpas para hacer ese camino al volver del lagar. Incluso así, nunca la había visto hasta el momento en que entró en la capilla. Aunque hacía mucho calor, llevaba un vestido de terciopelo rojo y unas medias de encaje que le tapaban las piernas. Pasó frente al altar y no hizo la señal de la cruz ante el sagrario, de hecho, nadie hacía la señal de la cruz ante el sagrario, no sólo porque nadie sabía hacer la señal de la cruz, sino porque además la capilla no tenía sagrario. Se escabulló por el pasillo cercano a la pared y se sentó justo a mi lado. Llegó rezongando, enfadada por el calor y porque le molestaban las ropas y no nos dio los buenos días. Acalorada, se abanicaba con un abanico que, lo supe más tarde, la señora le había traído de la feria de Sevilla.

El novio entró de la mano de la novia. La cocinera empujó a la loca de la calle de la paja hacia dentro de la capilla y dijo vamos. El hijo de la hermana de José gritaba. Por la posición de los novios en el altar, me tocó ser el padrino de José. La cocinera se negó a ser madrina de la novia, murmurando aborto, murmurando se hizo un aborto, por eso se instaló a mi lado, como madrina del novio. Rezongando, su perfume pasó junto a mí. Ella era una mujer. Por la forma femenina en que sacaba el pañuelo de la bolsa y se sonaba, por el modo en que movía los labios al rumiar palabras insignificantes, por la forma como alternaba los pies, impaciente. Ella era una mujer. Y no se asustó por el hecho de que yo y mi hermano estuviéramos pegados. Y casi me sonrió una vez. Y casi me miró a los ojos. Ella era una mujer.

Elías pensaba en la boda de José y pensaba en su hermano derritiéndose por la cocinera aquel día.

Las paredes de la capilla eran toscas, aunque las capas superpuestas de cal alisaran su rugosidad. Había un santo a cada lado, que sólo eran considerados santos porque estaban allí, y no porque fueran realmente santos, pues nadie sabía quiénes eran realmente. Y la ceremonia iba transcurriendo. Sonriente, el demonio leía frases entonadas, como un cántico, y mi hermano se derretía por la cocinera. También había dos vidrieras minúsculas. El suelo era de madera y estaba carcomido. El hijo de la hermana de José lloraba un grito imparable, y no descansaba para respirar, lloraba incesantemente y, aunque se oyera un lamento, no se entendían las palabras que el demonio decía fortuitamente. La loca de la calle de la paja que, junto conmigo, era madrina de la mujer de José, despeinada, tenía una gran mancha en el pecho de la camisa, de baba, y otra muy grande en la falda, de sangre. Tenía las piernas muy sucias, negras; no lleva- ba medias y las pulgas corrían por su cuello. Movía el cuerpo en convulsiones casi controladas y, con la cabeza, seguía algo en el aire, algo que yo me esforzaba por ver sin conseguirlo, algo que volaba y que hacía que su cabeza se moviera aleatoriamente sobre el cuello. Los gritos del hijo de la hermana de José resonaban contra las paredes de la capilla y, para entonces, ya no se distinguían los gritos de la boca abierta y de la cara roja del niño y los gritos iguales que las paredes repetían. Gritaban al mismo tiempo, paredes y niño, y los gritos nos llegaban de todas partes.

La cocinera se sonaba repetidamente. Cuando aún la mano no había recorrido su camino desde la nariz hasta la bolsa con el pañuelo estampado de vistosas flores ya ella sorbía y, a pesar de los gritos estridentes del pequeño, siempre se conseguía oír la profundidad con que la cocinera sorbía. Y mi hermano le miraba extasiado. Y la cocinera, como si rezase, rezongaba. Sin parar. Rezongaba bajito, con la boca pequeña, deprisa. Como si comiera granos de arroz, uno a uno, o sorbiera sopa de una cuchara, con cara de despecho, contraída, casi con cara de odio. Y mi hermano le miraba extasiado. Y la cocinera, incomodada, cambiaba el peso de un pie al otro, quizás los zapatos le apretaran, quizás la novia la irritara o el niño que gritaba o la loca de la calle de la paja que olía a basura. Y mi hermano le miraba extasiado. Llegó el momento de ponerse los anillos y los novios no tenían anillos. Sin detenerse en ese pormenor, hicieron el gesto y cada cual puso en el dedo del otro un anillo imaginario. Esto mi hermano no lo vio, porque ya no quitaba los ojos de la cocinera. Como si estuviera pegado a ella, y no a mí. Como si ella fuera una mujer.

El viejo Gabriel pensaba en la boda de José y pensaba en Moisés tirando de su hermano por el dedo, casi estrujándole el meñique, para aproximarse a la cocinera en el altar.

Moisés se acercaba a la cocinera, desafiando las leyes de la corrección, pues parecía que cuanto más próximo estuviera, la examinaba más, la observaba mejor. Como si, al apoyársele en el hombro, al girar el cuello en un manojo de tendones y gruesas venas para mirarla a dos dedos de la oreja, casi enterrándole la nariz en los cabellos, consiguiera absorberla; como si los hombros fueran ojos que vieran; como si los ojos concentrados en una oreja mal definida y de largos trazos nebulosos pudieran ver a una mujer a la distancia de ver a una mujer andar y verla pasar y verla pasar junto a nosotros y alejarse y pensar en ella, que es también verla. Y, serio, continuaba, con el cuello torcido, observando aquella oreja ni muy bonita, ni muy femenina, ni perfecta. Y, cuanto más se alejaba de su hermano, más se notaba la complicación de la chaqueta que llevaba. En el interior de la manga común y en el tronco bajo ese brazo, tenían una tira de correas con largos lazos y botones disimulados. A parte de eso, parecían chaquetas finas. Eran de un azul noble y, en los puños y en la delantera, tenían grandes botones dorados con anclas esculpidas. Eran de buena hechura y tenían los pulmones marcados en la espalda con dos manchas pardas. Moisés se acercaba a la cocinera y a su vez tiraba de su hermano. Desplazado como un peso muerto por empujones que fingía ignorar, el hermano parecía identificado con la boda y con la sonrisa del demonio y con la figura de la loca de la calle de paja y con los santos con billetes gastados de civilizaciones remotas sujetos por imperdibles a las túnicas comidas por la polilla. Cortados por la línea horizontal que los brazos estirados de los hermanos formaban, estaban, de espalda, los novios y, al frente, el demonio muy sonriente. Leía de un libro y sonreía. Tenía una capa vieja y sonreía. En cierto momento, colocó el libro frente a ellos, haciendo gesto de que lo besaran. Ellos no lo besaron. El crío de la hermana de José gritaba y, para entonces, gritaba ya dentro de nuestra cabeza, porque su voz había ido entrando poco a poco por el embudo de nuestros oídos y, para entonces, lo había hecho ya en una cantidad suficiente para ser lo único que oíamos. Un eco dentro de un eco de una voz dentro de una voz dentro de la cabeza. Y apenas se oyó o ni siquiera se oyó la larga pregunta del demonio callado sonriente, pero esa pregunta muda se mantuvo suspendida en la mirada inquisidora y suspendida del demonio. José dijo sí. Su mujer sacudió la cabeza. Cuando les pidieron las firmas, Moisés se sorprendió porque la cocinera se había separado y echado a andar, quizás la considerara una estatua de las que se suenan y sorben. El crío gritaba. En la calle, la hermana de José con un ramo de flores de plástico en la cabeza, hablaba con la abundancia de una carretada de avena descargada en un caserón vacío: granos sobre granos, en el aire, sin parar, palabras sobre palabras, como una espita abierta de avena o de palabras, un grano después de otro y antes de él, una palabra que empieza en medio de la anterior y ésa acaba y hay otra a la mitad y otra que empieza en medio de ésa y se encadena con la próxima. El demonio sonreía solo. La loca de la calle de la paja se colocó en un rincón del atrio de la capilla, y, sobre el polvo y las piedras: todo el atrio de la capilla era de polvo y de piedras, todas las calles del pueblo eran de polvo y de piedras: sobre el polvo y las piedras, de pie, separó las piernas, y empezó a orinar, y el silbido sutil de la vejiga, y el charco de orina espumosa. El padre de José estaba como un árbol muy viejo, tal vez seco o casi muerto, con savia lenta e interior. Los novios se despidieron y nadie les deseó felicidad ni tuvo nada que decirles, se despidieron y se fueron con poco más que murmullos. Sin los novios, de repente, todos se dieron cuenta de que no tenían ningún motivo para estar allí juntos. El herrero sacó la cinta de tela del bolsillo, la ató alrededor del cuello del padre de José y, con la mujer y el niño, se fueron. Se llevaron los gritos del crío por las calles del pueblo y, atenuados, se oían en ocasiones más alto en una curva y llegaban en ocasiones distantes, traídos por una brisa perezosa o un recuerdo. Y la cocinera se fue. Y Moisés se quedó convenciendo a su hermano para ir tras ella. Fueron. Era medio día. La loca de la calle de la paja quedó sola dando vueltas al atrio de la capilla.

El fin de la tarde cayó como un biombo en el cielo sobre el lagar. Los tres ancianos continuaron en silencio.

Hasta el final del verano, los hermanos pasaron muchas veces ante la casa de la cocinera. Ya tarde, a la hora en que llegaban las noches de agosto, se sentaban en el poyo de la casa del hombre que escribe en una habitación sin ventanas, y se quedaban allí toda la velada. Al principio de la calle, en un rincón, había una fuente con un caño y desde allí hasta el otro extremo, todas las puertas estaban abiertas y, en cada una, estaban sentados los que vivían allí. El hombre que escribe en una habitación sin ventanas era la única excepción, nunca salía de casa, por eso, Moisés aprovechó. Convenció a su hermano, noche tras noche, durante una semana, para ir allí, luego se convirtió en costumbre y no fue necesario volver a convencerlo. Moisés hablaba alto con el maltés que vivía frente a la cocinera y hablaba a veces con ella, bajito. Casualmente, Elías quedaba junto a la cocinera, lo que obligaba a Moisés y a la cocinera a moverse ora hacia adelante, ora hacia atrás, si querían hablar. A Elías nadie le decía nada. Elías no decía nada a nadie. Y la noche tibia, las aburridas conversaciones de la cocinera sobre poleo y verdolaga, las estrellas, el agua que caía fresca en un hilo sobre el agua de la fuente, hacían adormecer a Elías. Y sólo se despertaba si pasaba alguien por la calle. Despertaba como resultado de los zigzags de buenas noches; por un lado, buenas noches, por otro, buenas noches, por un lado, buenas noches, por otro, buenas noches. Moisés no se dormía e, incluso en la cama, le costaba dormirse con la cocinera en el pensamiento. En setiembre, los días empezaron a acortar y a refrescar, y los hermanos fueron los últimos en abandonar el fresco cada vez más fresco y el poyo de la casa del hombre que escribe en una habitación sin ventanas.

El sol de finales de setiembre era casi tan cálido como el de agosto, pero ya no era época de estar en la puerta de noche, y la cocinera y Moisés dejaron de encontrarse. Moisés era de ese tipo de hombre que no se detiene y un día pensó tiene que ser. Al día siguiente, volvió a pensar tiene que ser. Al otro día, volvió a pensar tiene que ser. Y dos semanas después, arregló la manera de encontrarse con la cocinera a la salida del ultramarinos. Se casaron un sábado, en una fecha que olvidaron. Como la casa de la cocinera era más grande, fueron los hermanos quienes se mudaron. Llenaron tres carros de baúles y trastos. Arrendaron su casa, lo que, a pesar de no dar mucho dinero, siempre ayudaba para algunos gastos.

Los hermanos no eran de grandes gastos. Tenían ya ropa, y lo que recibían del lagar les llegaba para comer platos de patatas cocidas con berza y mucho aceite, en la comida y en la cena. La cocinera, acostumbrada toda su vida a probar de la comida de los señores del "monte de los olivos", no se contentaba con berzas. Aunque en los primeros tiempos preparó berza y patatas de todas las maneras posibles de preparar berza y patatas, pronto usó de su saber para obtener nuevos ingredientes. Las primeras semanas, hacía patatas cocidas con berza: los hermanos se sentaban y comían; luego, empezó a hacer empanadillas, tartas y empanadas de berza y patatas: los hermanos se sentaban y comían; pasado un mes, hacía esculturas, de berza y patatas, que suspiraban como mujeres apasionadas y parecían enviar besos con sus labios gruesos de hojas de berza, labios verdes de los que resbalaba aceite por el canto de la boca: Elías asustado, Moisés festivo, se sentaban y comían; una noche, en la cena, la cocinera colocó la fuente en el centro de la mesa, y desde la fuente se ofrecían unas elegantes piernas de patata y una vagina humeante, una vagina de berza, abierta y humeante, que, por arte de la cocinera, menguó ante los hermanos, menguó, menguó hasta ser una vagina de berza irremediablemente cerrada, seca, con un hilillo de aceite: Elías perplejo, Moisés perturbado, se sentaron y comieron. Moisés y la cocinera se miraron en un entendimiento silencioso y, a la mañana siguiente, Moisés encargó nabos y cebollas al viejo Gabriel. El domingo por la mañana, los hermanos fueron a preparar cepos para los gorriones hacia el cerro de la horca. Pasado un tiempo, Moisés compró dos paquetes de pasta; y después, fue a escoger setas de las buenas; y luego, compró un cuarto de cazón; y luego, fue a por bellotas y luego, cultivó ajos y berzas en el patio; y luego, cultivó perejil y cilantro en un balde; y luego, crió conejos y gallinas en un gallinero que construyó con cajones; y luego compró tres sardinas; y luego, compró fruta. El dinero de la renta de la vieja casa de los hermanos pasó a ser destinado a comida.

Pienso: tal vez haya una luz dentro de los hombres, tal vez una claridad, tal vez los hombres no estén hechos de oscuridad; tal vez las certezas sean una brisa dentro de los hombres y tal vez los hombres sean las certezas que poseen.

José, después de casarse, no habló enseguida con su mujer. No se fueron cogidos de la mano, recorrieron el camino hasta la hacienda en silencio. Bajo el sol y la extensión de las llanuras, José y su mujer caminaban y caminaban junto a ellos, pegados a la piel, rastros de sudor. Bajo el sol y la extensión de las llanuras,

José y su mujer, vestidos de novios, iluminados. Cuando llegaron a la hacienda y a la casa, José no se quitó el traje y su mujer no se quitó el vestido. Él se puso la piel negra de cordero por la espalda, cogió el cayado y fue a encargarse de las ovejas. Ella se puso un trapo a modo de delantal y fue a lavar dos platos que ya estaban lavados. Por la noche, durmieron en la misma cama, pero no se tocaron.

Continuaron durmiendo en la misma cama, porque estaban casados y las parejas duermen siempre en la misma cama, porque sólo tenían una cama, porque sólo cabía una cama en el dormitorio, pero no volvieron a tocarse. Y el verano. Los días pasaron largos, como largos son los días llenos de sol y aún de esperanza, con un cielo muy grande y ordenado de un azul intenso y simple de ser azul de cielo y sol y aún esperanza. Los días pasaron largos y José dentro de ellos fue un hombre nuevo, de rostro sereno, esperando y deseando un futuro, deseando cada día el siguiente. La mujer de José seguía como una tristeza silente, con la tristeza de un pozo hondo que contuviera toda la tristeza, seguía encargándose de su casa y de la casa de los ricos. Y, con las puertas cerradas por dentro y las llaves en el bolsillo, se sentaba tardes enteras a oír la voz que está encerrada en un baúl. Y en esos momentos, casi se dejaba sonreír. José la veía triste, pero no sabía qué pensar. La veía triste, pero pensaba si estaría cansada o enferma o nerviosa o enfadada o indiferente o triste. José la veía triste, pero se acostumbró al misterio de su silencio y no quería cambiarla. La quería mucho. En ocasiones, entre las ovejas, escogía una, o entre los árboles, escogía uno, y lo llamaba con el nombre de su mujer. En voz alta. Y veía aquel nombre expandirse por el aire y desvanecerse en la claridad. Solo en el campo, repetía aquel nombre y lo veía suspendido por unos instantes. Lo repetía y se paraba a sonreír. Se sentaba en una sombra, sonriendo.

La última noche del verano, como hacía siempre las últimas noches de cada estación desde los dieciocho años, José fue a casa de la prostituta ciega. Prostituta, fue una palabra que un viajante dejó por allí y que la gente que vivía en el pueblo aprovechó para bautizar a la prostituta ciega. Era una palabra extraña y difícil, que se enrollaba en la boca, que los habitantes del pueblo sólo utilizaban cuando se referían a la prostituta ciega, pero era una palabra muy adecuada, porque no era la palabra puta. La prostituta ciega no era puta, era una mujer, triste por ser ciega, que hacía favores por no poder hacer nada más. Su madre había sido igual que ella, su abuela había sido igual que ella, pero se decía que la bisabuela había sido una baronesa caprichosa que abandonó a su hija entre unos setos. La abandonó por ser niña. Y al verla, todavía sucia de su sangre; al verla, disgustada porque no era el niño que había imaginado y a quien había provisto de un ajuar completo comprado en Lisboa; al verla, por primera vez, dijo tiene cara de puta. Dicen los hombres que las cicatrices de su abuela cruzan todavía el vientre y la espalda de la prostituta ciega. Dice todo el mundo que los espinos cegaron a su abuela, y que le queda-ron dentro para cegar a todas las hijas que tuviera. La madre de la prostituta ciega fue ciega. La prostituta ciega tenía una hija ciega. Una niña de un año que raramente salía a la calle. Bonita porque era pequeñita, ciega. La prostituta ciega no era puta y José fue a visitarla la última noche del verano. Ella vivía en la calle de la paja y, cuando oyó tres golpes leves en la puerta, ya lo esperaba. A propósito para él, había encendido una luz muy tenue en el quinqué de petróleo y, por la oscuridad manchada de pálida claridad, avanzó delante de José y entró en el dormitorio. Por la puerta abierta del dormitorio, entraba aún más tímidamente la luz débil del quinqué y, con esa luz, José pudo distinguir el cuerpo de la niña tumbada bajo las sábanas. Era el cuerpo pequeño de una niña de pelo negro y largo y, bajo los párpados que no tenía, el agujero de los ojos. Quizá dormía. Sin hablar ni hacer ruido, se desnudaron y se tumbaron junto a la niña. Hicieron el amor, conociendo cada uno el cuerpo del otro, siendo cada uno el cuerpo del otro. José se lavó en la jofaina que había en la cocina y dejó dinero sobre la mesa de madera tosca. De camino hacia la hacienda y bajo la noche, José pensó en los ojos de la prostituta ciega. Eran dos agujeros muy hondos y lisos de carne de color de sangre viva. Dos agujeros del color de la sangre en el rostro de aquella mujer.

Al día siguiente, al despertar, el primer día de otoño, José quiso ver los ojos de su mujer y quiso verla vestirse. Tumbado, se fijó en su vientre. Se acercó y le pasó la mano por el vientre. Era un bulto duro, que se erguía sobre el ombligo y que hacía levantar la mano al pasarla. Se miraron y el sol que estaba en la mañana entró en el dormitorio. José se encargó del ganado y fue al pueblo. En el patio de su hermana, se sentó junto a su padre. Pasaron así la tarde y, en un momento igual a los demás, dijo voy a ser padre. José miró hacia donde estaba mirando. El padre de José miró hacia donde estaba mirando. La tarde se suspendió lentamente, ajena a todo eso.

Pienso: tal vez haya una luz dentro de los hombres, tal vez una claridad, tal vez los hombres no estén hechos de oscuridad; tal vez las certezas sean una brisa dentro de los hombres y tal vez los hombres sean las certezas que poseen.

Esa semana, Moisés se casó con la cocinera. Tanto uno como otro pasaban ya de los setenta años, pero uno y otro mantenían una aspereza salada por muchos veranos, por más de setenta veranos. Elías fue el padrino de su hermano. Los otros padrinos fueron de pago. No hubo invitados. Moisés y la cocinera dormían en la misma cama y se tocaban. Empezaba el invierno a traer una brisa que, de madrugada, se podía llamar fría, cuando Moisés entró en casa con una cesta llena de naranjas. Con una notable pericia, usando sólo una mano, Elías pelaba una naranja y sujetaba las peladuras con un dedo y sacaba las pepitas con otro y sujetaba las pepitas con otro y separaba los gajos uno a uno y los comía con un placer evidente. La cocinera los miró con más intensidad de la habitual, pero no sospecharon. En la mesa de la cena: flores recortadas de zanahoria y tomate surgían de dentro de una ensalada de lechuga, flores que nacían entre las lechugas y formaban un botón que se abría en una flor magnífica; en la fuente, una mujer pequeña, con ojos de guisantes y cabellos de pan, acunaba a un niño en una cuna de migas. Moisés se comió la mujer pequeña, esculpida en una pechuga de pollo, y Elías se comió la cuna y el niño, esculpidos en una pierna de pollo. Esa noche, al adormecerse los tres, la cocinera puso cara de circunstancias y dijo vas a ser padre. Lentamente, en el rostro inexpresivo de Moisés nació una sonrisa. En el rostro severo de la cocinera nació una sonrisa. Y ni por un momento recordaron que los dos pasaban ya de los setenta años.

Cuando las ovejas, que acababan de llegar, ávidas, arrancaron el pasto con los dientes y el aire se llenó del sonido de rastrojos revueltos y arrancados, me senté bajo el alcornoque grande. Estiré las piernas y la perra me miró con una mirada pesarosa. Una mirada melancólica que no duró más que el momento de un instante, una mirada que me dijo todo acaba. Una mirada que me dijo irás a la hacienda, como regresamos todos los días, pero la noche parecerá más lenta; mirarás por encima del hombro los últimos vuelos de los tordos en el cielo y desearás en ese instante ser un tordo: sentirás las botas más pesadas y la tierra más pesada tirando de ti para que no vayas. Una mirada que me dijo cuando llegue la hora de seguir a las ovejas hasta la hacienda, no querrás levantarte del alcornoque grande, querrás encoger los brazos y las piernas y fingirás que no existes y que la tierra te ha tragado y que ya nada es responsabilidad tuya. Una mirada que me dijo te costará atravesar el umbral de la puerta de casa, mirarás a la noche reciente que te invita a ser negro, a mezclarte en ella y ser quizás una estrella.

En el corredor principal de la casa de los ricos, la mujer de José estaba sentada ante la voz que está encerrada en un baúl y la oyó decir: tal vez el cielo sea un gran mar de agua dulce y la gente, las personas no anden bajo el cielo, sino sobre él; tal vez las personas vean las cosas al revés y la tierra sea como un cielo y cuando se mueren, cuando las personas se mueren, tal vez se caigan y se hundan en el cielo.

La perra se alejó, como un pensamiento triste. Las ovejas arrancaban aún lo profundo de los rastrojos y la oveja pequeña, que yo acostumbraba a llevar bajo el brazo porque no seguía a las otras, mamaba de la madre ocupada. La oveja pequeña, de cuerpo delgado, de lana corta y más suave, bonita, de voz bonita, estridente como las mañanas, entretenida mamando leche tibia, con los ojos cerrados. Las ovejas esquiladas. Repartidas en grupos mansos, dobladas sobre la tierra, se fundían un poco con la tierra. En la época en que mi padre era el pastor y el doctor mateus se molestaba por los asuntos de la hacienda, el doctor pensó que las ovejas debían ser señaladas con su marca. Recuerdo a los hombres riendo o sonriendo y marcando a las ovejas en medio de un alarido de gritos, béééé, con un hierro que tenía la letra *r* dentro de un círculo, un hierro que sumergían en tinta azul diciendo, otra más, otra más. Sonreían y reían, porque el rebaño nunca podría mezclarse con otro rebaño, porque todos los pastos a los que iban pertenecían al doctor mateus y todas las tierras y senderos y caminos por donde pasaban pertenecían al doctor mateus; sonreían y reían con la mañana. Son esas cosas las que hacen la vida de un hombre, recuerdo que pensé. Pensé eso porque miré al cielo. Dibujado entre los espacios abiertos en las hojas del alcornoque, sobre la llanura que era otra llanura, pasando un instante sobre el cerro y cayendo tras él, el cielo que sostenía el sol y no era sólo su luz, pero conseguía ser más luz en su rostro límpido; el cielo sereno y puro, infinitamente puro, puedo decirlo, y casi muerto de sereno, a no ser por su sangre avasalladora, a no ser por su sangre grandiosa, sobre nosotros y ante nosotros y aquí dentro, su sangre innegable y casi evidente, siempre dispuesta a ser nuestra sangre y a hacer nuestra vida, si por ventura la miramos. Recuerdo el cielo el día en que los hombres reían y sonreían y marcaban las ovejas. Miré al cielo. Recuerdo ahora el cielo de ese día de ovejas entristecidas ante mí, ovejas sin marca que un día fueron; el cielo de ese día triste porque ese día morí más bajo el cielo del que casi me despedí o, ridículo, incluso me despedí; el cielo que me miró con pena y sin mentir, iluminándome sobre lo que pude ser un día, sobre lo que soy, quise ser y nunca seré; el cielo sincero, como la mirada veraz de la perra, como la mirada de una madre, como un cielo.

No dormí la siesta. La mirada de la perra me habló otra vez, dijo caminarás largamente en silencio.

Ese atardecer de agosto que moría, al atravesar el pueblo, bajo la noche, las personas sentadas a la puerta de sus casas lo saludaban, con voz de sorpresa, sin disimular su deseo de mirarle hasta que desapareciera. Entró en la plaza y llevaba la piel negra de oveja a la espalda, una bolsa vieja, sujeta al hombro por una cuerda. El cuerpo tenía aún el cansancio de los puntapiés del gigante y de una noche pasada sobre las piedras y las raíces salientes del alcornoque grande. Las botas tenían tierra. Los pantalones de faena no tenían su color, sino la mirada teñida del sol. El pecho llevaba la venda del curandero. La camisa, el sudor. Entró en la plaza y la perra lo seguía. Entró en la venta de judas y el silencio. A un lado del mostrador, la sonrisa del demonio. Al otro, el gigante encorvado con la cabeza en el techo. Los hombres desperdigados y difusos, mezclados, indescifrable el comienzo de uno y el final de otro; los hombres por todas partes en la venta, con miradas aturdidas y esperando, entre el olor del vino y de los barriles. José no dejó el cayado, no dejó la bolsa, no llegó al mostrador, no pasó las manos queriendo sentir las vetas del mármol, no pidió un vaso de tinto. El gigante se acercó a José, con un velo hecho de las caras embadurnadas de los hombres, y lo empujó. En la plaza, sostenido por la noche, José se mantuvo en pie el tiempo suficiente para que el gigante lo derrumbara de un puntapié en las piernas. En la puerta de la venta, el demonio sonreía en silencio; los hombres, mezclados en una masa informe por la plaza, estaban callados, pero más silenciosos que eso; no se oía al gigante; José no respiraba o, si respiraba, ese hilo se confundía con la brisa casi insoportable del silencio absoluto. Las botas del gigante en el cuerpo tendido de José. Las botas del gigante en el cuerpo indefenso de José. Las botas del gigante en el cuerpo sin cuerpo de José sin José. La cal de las casas que rodeaban la plaza estaba negra de noche. Cuando el gigante se cansó, se fue. El demonio desapareció sonriendo. Los hombres se acercaron lentamente a José. Ojos abiertos. El sol. Judas trajo de la venta, entre dos dedos, con el meñique enganchado en el aire, un vaso de tinto, que le vació en los labios secos. Como un saco lleno o un cadáver, muchos brazos transportaron a José al carro de un hombre que José entonces no reconoció. La venda del curandero le apretaba aún el pecho. En el camino a la hacienda, atravesando la noche como una tempestad, la perra siguió al carro.

Soltó la oveja pequeña en el suelo y cerró la cancela enrollando un cordón de alambres oxidados. Las ovejas se dirigieron hacia el bebedero de agua limpia lanzada en baldes o hacia donde querían ir en el polvo. José empezó a avanzar hacia su casa, que estaba a unos pocos metros. Y ese corto espacio fue tan lento y tan largo. Toda la tristeza. Toda la tristeza que era la mujer y creer en ella, todas las tristezas le cupieron en el espacio de aquella distancia. Y, en ese camino largo de leguas en cada metro, de leguas en las que la tarde no quiso morir, como no quieren los hombres incluso cuando el cansancio los vence, los hombres tras la derrota inevitable de la vida, que nunca quieren aceptar la noche, que nunca quieren anochecer y convertirse en ayer mañana, memoria, los hombres después de la victoria de la tierra sobre el cuerpo, que no aceptan nunca su cuerpo inaccesible a sus gestos, su manos inútiles en el espacio que les queda en un sueño negro, sus piernas que rechazan pasos en las paredes negras y frías de la soledad sin fin. José empezó a avanzar hacia su casa y los tordos, en el cielo pardo, no eran como un fuego en un hogar, eran como un incendio en un bosque con una gran boca abierta que engullía troncos y ramas pequeñas, hojas secas y cielo. La tarde, moribunda, entraba poco a poco dentro de José y en el pecho de las cosas: en las paredes blancas de la casa de los ricos, en las llanuras que eran el infinito de todos los sitios, en la sombra de la mirada de la perra. José caminaba y la tarde lo absorbía y José caminaba sobre la tarde. Y el tiempo se desfiguró, porque el tiempo que José necesitó para hacer aquellos metros era un tiempo mayor que el tiempo que corre en las venas o que el tiempo de silencio entre los latidos del corazón. Era un tiempo detenido. Detenido. De tordos y pájaros que volaban detenidos en el cielo pasando junto a ellos detenido en una tarde que no quería morir. Era un tiempo muerto en una angustia. Pasó mucho tiempo. Y, tras mucho tiempo, José vio que la casa andaba en su dirección. Era por fin de noche. Delante de la puerta, entró.

Sobre la mesa, el pábilo, encendido hace un instante, del quinqué disolvía en el aire un olor débil, pero inconfundible, a petróleo. Bajo esa luz fija, derramando sombras largas, como agua negra, en el suelo de ladrillo, la mujer de José con su hijo en el regazo. Con una cuchara de revolver café, le daba sopa. No miró a José. El niño tenía en el pecho un paño blanco de loza, atado al cuello, y se rió mucho hacia su padre. El rostro oscurecido de José estaba detenido en una expresión casi idiota entre reír y llorar. Indiferente por tener seis meses y dos semanas y nadie con seis meses y dos semanas comprende el silencio de un hombre cansado de angustia, el niño miraba a su padre con ojos de niño. José tenía los brazos sin fuerza, caídos a lo largo del cuerpo, las manos abiertas; las manos gruesas y cansadas de José, como dos viejos tostados por el sol, sentados al sol, con los ojos cerrados, sintiendo sólo el sol y todas las muertes a las que habían sobrevivido, los rostros que un día fueron gente hundida bajo la tierra y la distancia de la noche bajo la tierra y la distancia enorme de la tierra sobre los muertos solos, el peso de la tierra en las manos abandonadas de José. Los ojos de la mujer eran de piedra negra, quizás basalto, y de frío, y dibujaban líneas rectas perfectas, posándose tristes sobre lo esencial. Tenía el pelo ligeramente despeinado, y a José le apeteció pasar la mano sobre el pelo de aquella mujer hermosa y decir niña y decir niña, le apeteció pasar la mano como una brisa, sólo la palma de la mano suave, y los dedos, los dedos, las yemas de los dedos entre el pelo, entrando lentos entre el pelo, pasando lentos. Y José diciendo niña, diciendo niña. Y, en José, la tristeza desesperada de haber perdido todas las certezas. Un hombre sin certezas pierde casi todo de ser hombre. Es como el cuerpo sin la carne, es como las ideas sin el pensamiento, un hombre sin certezas. Un hombre vacío de certezas. Un hombre vacío. Sólo la piel de un hombre ante una mujer que no conoce, ante un hijo que no conoce y que le sonríe. El pelo del niño era ensortijado como el de José. Comía sopa de espinacas con sopas de pan, como si comer sopa fuera importante para él. Comía bien. Sonreía. Con la espalda doblada, la mujer le daba sopa ajena al orgullo de madre por el apetito del hijo. Ausente. Como agua negra, en el suelo de ladrillo, derramaban sombras largas. Sin dejar el cayado o la bolsa que llevaba sujeta al hombro por una cuerda, sin quitarse la piel negra de cordero que llevaba a la espalda, sin decir nada, José salió directo al pueblo.

Mujer. Tu piel blanca fue un verano que quise vivir y me fue negado. Un camino que no me engañó. Me engañó la luz y los ojos oscuros de las mañanas revividas. Me engañó un sueño de poder ser el hijo que fui, corriendo por el campo todo el día, midiendo los campos por el tamaño de los brazos abiertos; me engañó un sueño de poder ser el hijo que fui en tu hombre y en tu rostro, en tu hijo, nuestro. No hay mañanas que revivir, hoy lo sé. No se pueden construir días nuevos sobre mañanas que se recuerdan. Quizás te inventé, partiendo de una estrella como todas éstas. Quise tener una estrella y darle las mañanas de julio. Las grandes mañanas de julio delante de la casa y mi madre acabando la comida buena y mi padre que llegaba y se quejaba, sin ser en serio, de que la comida no estaba preparada y yo sentado en la tierra, quizás haciendo un agujero, quizás jugando con el caballo de cartón. Tuve un caballo de cartón. Nunca te lo he contado, poco te he contado, pero tuve un caballo de cartón. Jugaba con él y era bonito. Me gustaba mucho. Tanto. Tanto. Tanto. Cuando mi padre me lo trajo, dentro de un paquete de verdad, y empecé a desatar las cuerdas, quería abrirlo deprisa; cuando lo vi, sus pequeñas orejas levantadas, sus ojos brillantes, me detuve frente a él. Fue mi país durante una semana, ¿puedes creerlo?; aquel simple caballo de cartón fue mi país durante una semana. Pero un sábado, lo dejé en la calle. Mi padre me llamó para algo, mi madre me llamó para algo y me olvidé. ¿Puedes creerlo?, olvidé mi caballo de cartón en el patio, ¿cómo fue posible?, ¿cómo no me acordé? ¿cómo puede la gente olvidar así lo que aprecia?, olvidé mi caballo de cartón en el patio, ¿cómo pude dormir?, ¿cómo pude colocar las sábanas sobre la respiración y dormir?, ¿cómo pude simplemente dormir?, me olvidé del caballo de cartón en el patio, ¿puedes creerlo? Y esa noche llovió. El domingo por la mañana, desperté con un relámpago clavado en la mirada y un trueno resonando en el pecho, ¿el caballo de cartón?, ¿mi caballo de cartón?, corrí hacia el patio, atravesé la cocina en calzoncillos y camiseta, corrí y, descalzo, entre los charcos de agua limpia y la tierra húmeda y las hojas de los árboles que sostenían gotas suspendidas en el aire, en el patio, el caballo de cartón estaba donde lo había dejado. Un montón amorfo de pasta de papel, donde se distinguían dos ojos tristes de diamante, la tinta descolorida que teñía el suelo y las piedras. Me arrodillé sobre él y lloré. Aquella mañana. Lloré. Fue mi padre quien me sacó de allí. Para ti, para nuestro hijo, para mí, deseé un caballo de cartón, sin la lluvia. Un idilio imposible, sin la culpa que no se puede evitar. La culpa que tú y yo no tuvimos. La condena segura por existir. Igual que un precipicio al final de una carrera: los corredores tienen que vencer y la meta es el borde de un precipicio. O un puñal suspendido sobre nosotros, un puñal que se nos clava en la espalda en cualquier momento, sin motivo, un puñal que miramos a veces y sabemos que está allí a punto de caer y que va a caer, en cualquier momento, sin motivo. Un puñal clavado en la espalda, para que suframos o nos lleve sufriendo. No escogí este destino. Escogí carreteras desconfiando de que todas eran la misma. Y todas eran la misma. No escogí carreteras, como no escogí ésta. No escogí esta noche que me hace volver al pueblo, que me hace volver a la venta de judas y buscar la sonrisa falsa del demonio. Esta noche que recorro con mis piernas y me obliga, me hace volver al gigante. Y tú sabes tan bien que no quiero, sabes, como sabes tu nombre y otros asuntos evidentes, sabes que no quiero y no escogí. Es verdad que voy. Camino y quien me vea imagina mi voluntad. Mi manera de andar es exactamente mi manera de andar. No escogí, no quiero, pero no voy contrariado. Sé que es imposible no ir. Es imposible no ir. Imposible no ir. Imposible. La perra me sigue y, entre el repasar de mis pasos demorados, distingo las patitas breves de la perra. En la oscuridad, las cigarras dibujan la lejanía de las llanuras con su canto. Pienso: la vida es un castigo, un castigo sin falta o pecado, un castigo sin salvación; la vida es un castigo que no se impide y que no se consiente. Te imagino viendo esta noche desde la barandilla de mis ojos, entrando en este bosque de mil estrellas por contar, estas estrellas que no alcanzan para iluminar la tierra, pero que iluminan pequeñas circunferencias de cielo a su alrededor. Te imagino escuchándome mientras quizás meces al niño con esas cantigas con las que tu padre, cuando eras pequeña, te dormía y que silbaba en la tejería por la tarde.

Hijo. Me gustaría que hubiera alguna brisa que me explicara tu sonrisa y otra que te explicara, sin hacerte daño, mi silencio. Me gustaría aprender el trayecto de tus labios, la manera de tus ojos, y recordártelo cuando tuvieras mi edad. Fui un día tu inocencia. Y de ella me quedó la gran inocencia de creer. Creí que podría darte un cielo para que jugaras y que la vida sería lo que nosotros quisiéramos. Así. Bastaría que quisiéramos, que nos esforzáramos mucho, trabajáramos, y entonces tendríamos lo que deseáramos. No digo cosas majestuosas, ropas bonitas o carrozas, sino comida, comida sabrosa y bien preparada, y un caballo de cartón nuevo, por si acaso olvidaras el tuyo en el patio una noche de lluvia. Creí que la felicidad de tus ojos que sonríen podía volver a los ojos de tu madre, a los míos y permanecer intacta en los tuyos. Creí tantas cosas. Sabes, me acerco al pueblo y lo que me espera es morir un poco más. Preferiría que no lo supieras, pero desgraciadamente ni eso puedo esconderte, porque un día, cuando te cuenten la historia de tu vida, te dirán que una noche de estrellas, tu padre fue al pueblo y se llevó una paliza; te dirán que hacía pocos días, en el campo, se había llevado ya otra paliza, y que, con el pecho envuelto en una venda, seguía su camino sabiendo lo que le esperaba. No te dirán que, durante el camino, pensó en ti, te dijo secretos. No te dirán, porque no lo pueden entender, que tu padre avanzaba junto a ti, para que te sobrara una parte de aquello que tu padre soñó darte, para protegerte un poco de lo que es más fuerte, siempre mucho más fuerte. Te dirán que tu padre se llevó una paliza y que se llevó otra paliza, y te avergonzarás de mí. Los años se encargarán de apagar todo lo que creí ser cierto y nunca lo fue, para que quede sólo lo que sucedió y, finalmente, hasta eso será también olvidado. Los años me apagarán, ya verás. Y eso no me entristece, porque siempre he sabido que sería así. Pero, tengo que decirte, nunca quise dejarte solo. Si lo hice, no lo quise hacer. Alegre, hijito hermoso, libre. Ahora he entrado en el pueblo. La gente me mira con buenas noches arrastrados. Sé que eres muy joven para entender todo lo que te quiero decir, pero al menos la palabra padre, de todo esto, quiero que recuerdes al menos la palabra padre. Quiero que me mires a los ojos, incluso cuando haga mucho que yo haya desaparecido y comparta con la tierra su soledad; quiero que me aprendas y descubras lo que pensé para ti esta noche. Estoy en la plaza. Entro en la venta. A un lado del mostrador, la sonrisa del demonio. Al otro, el gigante encorvado con la cabeza en el techo.

Ayer oí pasar un carro a altas horas de la noche y me asomé a la ventana del dormitorio. Era el hijo de pablo y llevaba a José. En camiseta interior, en calzoncillos y con botas, salí a la calle a ver en qué estado había quedado esta vez. Tenía los ojos muy abiertos, como cuando lo traje del campo en la carretilla, y tenía el cuerpo debilitado por los golpes. No tenía sangre a la vista. Mandé al hijo de pablo que siguiera y le mandé saludos para su padre. Desde la ventana de mi cuarto, vi el carro llegar a la casa de José y a su mujer que abría la puerta sin que llamaran. No parecía asustada ni triste. No habló. Ella lo sostenía por debajo de los brazos y el otro le sostenía las piernas, así llevaron el cuerpo de José a casa. El carro volvió al pueblo, con su traqueteo de ruedas de hierro que hacían saltar chispas en algunas piedras y las mulas que caminaban más deprisa que su edad. La mujer de José fue a cerrar la puerta y, aunque yo tuviera las luces apagadas, miró hacia mí, como si viera a través de la oscuridad o tuviera ojos de gata. Cerró la puerta.

Hoy, cuando he llegado a casa de Moisés, de Elías y de la cocinera, ninguno de los tres se había levantado aún. He llamado a la puerta, he llamado, he golpeado la puerta y me he sentado en el poyo de la casa del hombre que escribe encerrado en una habitación. Ha pasado un joven que parecía tener unos cuarenta años y que no conozco, porque he perdido ya la cuenta de los que nacen y mueren o se van fuera, los hijos y nietos de éste y de aquel, los bisnietos y tataranietos de éste y de aquel, ésos sí fueron conocidos míos, con ésos sí que rodé trompos y conseguí muchas aceitunas rebuscando; ha pasado un joven a quien no he tenido la paciencia de preguntar ¿de quién eres hijo tú?, a quien no he tenido la paciencia de preguntar ¿de quién eres nieto tú?, a quien no he tenido la paciencia de preguntar ¿de quién eres bisnieto tú?, ha pasado un joven que me ha saludado muy correctamente y me ha dicho, casi susurrando, que avisara a José que no volviera al pueblo tan deprisa, porque el demonio le quería fastidiar de nuevo, porque el demonio le había sacudido a gusto y quería volver a fastidiarle. No he preguntado al joven cómo lo había sabido, sólo le he dicho que sí, que daría el recado. El joven iba a pasar por el caño delgado de la fuente, cuando he sentido que alguien andaba en la cerradura de la puerta de los hermanos. Era la cocinera que se había despertado de repente. Le he entregado un saco de guisantes tardíos y he entrado. Los hermanos estaban bebiendo café y comiendo unas extrañas galletas con forma de chupetes. Tanto Elías, como Moisés, tenían los enjutos cabellos blancos despeinados, y ha sido este último quien me ha dicho la cría no nos deja dormir. Elías ha susurrado al oído de Moisés y éste se ha girado hacia mí y ha repetido no duerme de noche, pero ahora, si va a verla, estará durmiendo a pierna suelta. Realmente era así. La casa de la cocinera no era muy grande. La cocina era la habitación más grande, tenía una chimenea con un fuego siempre encendido y rodeado de pucheros, un lavabo, una mesa, una artesa y las paredes estaban forradas de todo tipo de cazos y pucheros esmaltados, de aluminio e incluso de cobre. En la cocina había una puerta que daba a la trasera, y era ahí donde Moisés cultivaba un berzal siempre viscoso de tanto estiércol, pues hacían sus necesidades en el patio. El dormitorio era pequeño para el tamaño de la cama donde dormían todos, y aún resultaba más pequeño con la pequeña cuna apretada entre la cama y el armario. Una de las paredes del cuarto estaba pegada a la casa del hombre que escribe encerrado en una habitación sin ventanas y Moisés me ha contado que por la noche, cuando la niña no se acordaba de llorar o cuando hacía una pausa para retomar fuerzas, se podía oír la plumilla rascando las letras en el papel, podía oírse al vecino amasando largas páginas y, en ocasiones, podían incluso oír cómo mojaba con toda suavidad la punta de la pluma en el tintero. He abierto un poco la puerta del dormitorio y realmente era como Moisés me había dicho. La niña, destapada y satisfecha, dormía como una persona mayor. Sus grandes y muy redondas mejillas silbaban un soplo cadencioso, su tripa alborotada de carne sobresalía y se derramaba sobre el pañal, las piernas llenas de rosquillas estaban separadas y abandonadas. He entornado con cuidado la puerta y he vuelto al rostro desolado de los hermanos. La cocinera cocinaba. Moisés me ha explicado que quería mucho a su niña y que, cuando miraba hacia ella, era como si mirara hacia un sol, pero que, en los tres meses que tenía, no había dormido una noche entera. Elías lo ha confirmado sacudiendo la cabeza lentamente. Tanto uno como otro tenían los ojos mermados por un reborde negro que les hundía las órbitas y dejaba los ojos en el fondo de un pozo. Mientras la cocinera estuvo preñada, todo el mundo pensó que eran gemelos y que quizás también estuvieran pegados. Todo el mundo pensó eso porque la tripa de la cocinera era mayor que dos tripas de embarazada y, el día en que reventaron los nueve meses, allí cabía un niño de tres años o, en caso de que se confirmaran las suposiciones, dos niños de año y medio. A pesar de esa tripa inédita, nunca dejó de cocinar y preparaba para ella pasteles a medida de sus deseos: dulces con sardinas asadas;

palomas rellenas de mazapán, gelatina de trufa. A mitad del invierno, tenía la cocinera siete meses de tripa, estaban todos durmiendo, cuando un grito ahogado sonó por el dormitorio y los despertó. Se dieron cuenta entonces de que provenía del interior de la tripa, de la tripa que era una montaña tapada de mantas. Y la cocinera dijo tiene voz y, abrazando la tripa con los brazos, le cantó una cantiga alternada con sollozos hasta que al final calló y se durmió. El día en que rompió aguas y la cocinera empezó a resoplar como una raposa al sol, los hermanos fueron a llamar a la partera y ésta, por su parte, llamó a su marido que tenía un banco de carpintero y hacía ataúdes. Es muy vieja y no hay duda de que son gemelos, seguro que muere, decía la partera bajito convenciéndose del fracaso que juzgaba evidente. El parto duró más de doce horas y, a partir de media mañana, la gente empezó a reunirse frente a la casa de la cocinera y los hermanos. Después de la comida, la multitud llegaba a la puerta de la casa del hombre que escribe encerrado en una habitación. Después de la cena, la multitud llegaba a la fuente del extremo de la calle. La partera se sorprendió bastante con la fortaleza de la cocinera, que lo hizo casi todo sola. Casi toda la gente del pueblo estaba en la calle de los hermanos, apostando y comentando, en el instante en que Moisés llegó a la puerta atormentado por el peso de la niña en el regazo. Muy colorada, pesaba once kilos y nunca se había visto una criatura tan redonda en el pueblo. Nació con los ojos abiertos y sorprendidos con el mundo. La gente que esperaba aplaudió, dieron vivas y gritos y levantaron a la niña, a la partera, a Moisés y a Elías en el aire. Se hizo un baile, que no duró hasta altas horas de la madrugada porque el día siguiente era de labor. La cocinera dormía en la habitación, dolorida.

Ayer, cuando llegó el carro con José, yo ya tenía el barreño preparado y el agua lista en el fuego. Ayudé a descargarlo del carro. Me sorprendí un poco de que no tuviera sangre a la vista. El hombre que lo trajo me dio a la mano el pequeño zurrón y el cayado y se fue. El viejo Gabriel nos miraba desde su ventana. A pesar de sus ciento y pico años todavía se interesa por lo que no es de su incumbencia. Desnudé a José, no le quité la venda del curandero, y lo acomodé como pude dentro del barreño. El cuello no se le sostenía, tenía las piernas y los brazos caídos en el suelo, el cuerpo torcido por la forma del barreño, sólo los ojos mantenían un lugar de luz o de vida. El agua estaba templada, a la temperatura debida, y le vacié los pucheros en el pecho: gruesos chorros de agua, pequeños ríos de agua tibia que se curvaban en el aire y seguían sobre el cuerpo, afluentes, lagos, aceñas. Lo lavé, y la piel: llenaba las palmas de las manos de agua y la derramaba en su pecho, en la espalda; le pasaba el jabón por las piernas, los hombros y los relieves de la carne se deslizaban por las yemas de mis dedos. Lo limpié, y el cuerpo: le pasé la toalla por el rostro dibujándoselo de nuevo, más descansado, sereno; sujeté la toalla y lo envolví o quizás lo abracé, porque lo sentí dentro de mis brazos, en mis senos. Lo tumbé en la cama y, si no hubiera tenido los ojos muy abiertos en una tristeza cerrada, se hubiera sentido confortado. El niño durmió descansado. Dormí descansada.

Hoy, por la mañana, he hecho mi trabajo y él, inmóvil, continuaba sumido en un profundo insomnio o sumido en un sueño profundo. Me he encargado del pequeño, ha jugado un poco y, cuando ha vuelto a amodorrarse, lo he colocado en la cama. El barreño estaba todavía junto al fuego y me ha recordado el baño que tomé un mes después de que naciera el niño. Fue la primera vez que tuve el periodo después del embarazo y fue el último día, la sangre había mermado en los paños, mermado hasta no ser nada, y al atardecer quise tomar un baño. Llené el barreño y, de pie, fui echándome agua encima. Agua caliente e incluso así fresca, agua limpia que me limpiaba. También ese día, el niño dormía. No resistí y me senté. Estiré los brazos, las piernas y el pelo fuera del barreño, cerré los ojos y me quedé así. Miles de ejércitos reposaron finalmente en mi cuerpo, me faltó el aliento dentro del placer. Desnuda, me iluminaba una luz de miel que atravesaba las cortinas. En mi cuerpo, había hombres que dejaban el trabajo y abandonaban la azada, había mulas que regresaban y saboreaban la primera mano llena de hierba después de tirar de los carros todo el día, y la tierra revuelta encontraba finalmente su orden en el descanso de la noche. En el agua, se diluía lentamente mi suciedad y el ardor de mi sangre. Y yo era lentamente.

Aproveché una pausa prolongada en las miradas de los hermanos y les conté lo que le había pasado la víspera a José. Ambos mantuvieron la mirada y el silencio, y fue la cocinera quien, venciendo los resentimientos de unos amoríos mal interpretados que la hicieron dejar de hablarme hace más de veinte años, fue la cocinera quien se giró desde el fogón y dijo José siempre ha sido un buen chico, si por la noche le sobraba tiempo se quedaba hablando conmigo en el jardín de la casa de los ricos, si encontraba hierbas en el campo me las llevaba a la cocina y yo añadía comino, tomillo, poleo, perejil silvestre, y yo lo añadía todo a los guisados de cordero y a los filetes de vaca; pero ésa con la que se casó, ésa con la que se casó. Y la voz se le perdió en una indefinición de gruñidos. De hecho, quedé sorprendido con la voz de la cocinera, estaba más vieja.

El lagar no está lejos de allí y allá me fui con los hermanos a ver si todo estaba en orden. Lo que dijimos a la ida y a la vuelta no fue importante y ya lo he olvidado. A la vuelta, la comida estaba a punto. Nos sentamos. Lo que comimos era una reproducción fiel del pueblo, en tamaño reducido y visto desde el cielo: la plaza en el centro, las calles y las casas blancas. Todo al mínimo detalle, la tierra y las piedras de las calles moldeadas en carne de cerdo, y el polvo de la tierra era pimienta, y las casas eran patatas aplastadas, y los tejados eran pimientos rojos, e incluso salía humo o vapor por las chimeneas de las casas. También pude ver a la niña despierta y comiendo. La cocinera le hizo un inmenso oso de gachas, que parecía ser de peluche. Primero, le comió las piernas; luego, le comió los brazos; luego, el tronco; luego, la cabeza; al final, eructó.

Antes de salir del pueblo, fui a hablar con el padre de José. En el patio de su hija, el padre muerto de José estaba sentado delante del gallinero, vivo. Lo reconocí vivo, porque su pecho oscilaba lentamente, preso de una respiración que no era suya, porque la suya la había abandonado hacía mucho tiempo, tiempo que para él parecía años, pues el padre de José es un hombre muerto, detenido en la eternidad, y en la eternidad, sin fin y sin principio, un segundo es eterno, y el tiempo que pasa en la eternidad son eternidades sucesivas. Me senté a su lado y, por su mirada olvidada en un punto que no veía, supe que el padre de José estaba muerto. Ya no pueden hacerte daño. Donde estás, el silencio es una agonía. Y tú nunca huiste del sufrimiento, igual que nunca huiste de la vida. El luto nos pesa en los hombros, amigo, pero quien huye de él será su mayor víctima. Ambos lo sabemos. Ahora, ya no puedes descansar, el fondo invencible de la muerte te ha atraído hacia su interior infinito. Vas, empujado, a caer en la mayor caída. Tu cuerpo, tus brazos extendidos, tus manos abiertas, tus piernas que se sostienen en una posición frágil, tu columna doblada, tu mirada sin sentido, tu rostro pasmado, están en este patio y delante de mí, pero tú no estás aquí, buen amigo. Fuiste fuerte un día y hoy lo eres mucho más, pues atravesaste los portones de la muerte y entraste en su jardín de desesperación y estás donde lo negro no acaba en aurora. Haces el camino que sólo se puede hacer solo y de noche, pues todos tenemos un portón y un jardín que atravesar, solos, de noche, bajo y sobre y entre el miedo. Estás muerto y, dentro de la muerte, sabes que estás muerto. Ambos lo sabemos. Lo que imaginaste de la palabra esperanza, ha perdido el sentido. No hay esperanza porque somos demasiado pequeños, somos muy poco. Somos una aguja de pino ante un incendio, somos un grano de tierra ante un terremoto, somos una gota de rocío ante una tempestad, buen amigo. El mundo, indiferente al mundo que aprisionaba al padre de José y que el padre de José aprisionaba dentro de sí, proseguía. Los polluelos levantaban una lluvia fina de piadas, las gallinas se indignaban con su voz de aves, el gallo gritaba ocasionalmente. Incluso en la sombra, el sol quemaba y ardía. En el cercado, tras el muro del patio, el sol levantaba una neblina tórrida de los restos de un pequeño trigal. Y, sin hablar, pues las palabras son la peor forma de decir, miré al padre de José, sabiendo que él no podía escucharme, y dije tu hijo está muy mal, tu hijo sufre. Y no dije más. No es que se agotara lo que había que decir, sino que no hay forma de decirlo, incluso sin palabras. No hay forma de explicar todo lo que se dice cuando se dice sufrir.

La tarde se desvanecía. Finalmente puedo permitir alguna luz por las ventanas. Rescato la casa de las sombras. José sigue. Tapado por mí con una sábana, apoyado por mí en dos almohadas, como si estuviera sentado antes de levantarse, José continúa con los ojos desorbitados, intentando tragarse el mundo con la mirada. En la manta de retazos que he extendido en el suelo de la cocina, el niño juega con la cuchara de palo y está tranquilo. Cómo deseaba poder estar así, tranquila. Dentro de mí la tarde no se desvanece. Dentro de mí, arde el día y el fin de la tarde no llegará. Arde la certeza de todos los días. Todos los días hasta el fin de mí, y después, ardiendo; todos los días, agosto y la canícula; todos los días, para siempre, el verano que me calcina como una tortura de hierros al rojo vivo. Esta es la certeza de mi interior.

Dejo la puerta abierta, para ver al niño, y voy al jardincito. Lleno la regadera y derramo hilos de agua sobre las flores. Cómo me gustaría ser una malva a la que regaran así. Cómo me gustaría ser una malva soportando la hora del calor con la seguridad de un agua así, tan fresca y tan verdadera, escurriéndoseme por las hojas y por la garganta, inundándome las raíces y el pelo. La tarde se desvanece. El viejo Gabriel aparecerá allí en la subida, avanzando. La tarde se desvanece. La llanura es vieja por haber visto mucho. Conoce la vida de los pájaros, que envía como mensajeros al cielo; conoce la de las cigarras, que acoge en su piel para que canten después del calor; conoce la vida de los hombres, que consiente y sepulta piadosamente. Los alcornoques que se ven desde aquí se inclinan todo lo que pueden sobre la tierra deseando el fresco que sienten en las raíces, por todo el tronco, por toda la savia, por las últimas ramas; se inclinan como condenados, quejándose del sol que les chamusca la corteza, igual que lo hace la piel suave de un niño. Extiendo los dedos bajo el agua que corre dividida por los agujeritos de la regadera de hojalata. El viejo Gabriel aparece allí en la subida, avanza. Buenas tardes, me dice. Miro hacia él, y eso es responderle. Entra por la puerta abierta de la casa sin pedir permiso, pues, estando José, nunca pide permiso. El niño se para a mirarle a él y él se para a mirar al niño. Un viejo de más de cien años y un niño que nada sabe del mundo. Un viejo que lo sabe todo del mundo y un niño de seis meses. Dejo la regadera. Me acerco a la ventana del dormitorio. A lo lejos, veo que el viejo se ha sentado en la silla de anea. Me acerco a la ventana del dormitorio. Me apoyo en la pared y no hago ni siquiera el ruido de respirar. Están en silencio. Pegada a la pared, miro la casa cerrada de los ricos al frente y oigo por la ventana, que entreabrí para que entrara algo de aire que se llevase las tristezas de José, oigo que están en silencio. Las palomas acaban una vuelta en el borde del tejado de la casa de los ricos y me miran desde allí, apoyada en la pared. El viejo Gabriel rompe el silencio de una multitud que grita al caer la tarde, junta las palabras, dice no vuelvas al pueblo los próximos días, no vuelvas, me han contado que el demonio quiere fastidiarte otra vez, te sacudió bien y quiere fastidiarte; si me tienes respeto y consideración, no vuelvas al pueblo; por tu padre que es un desgraciado, por tu madre que tanto te quiso, por el hijo que tienes ahí, no vuelvas al pueblo; te lo pido por todo, deja pasar un mes o dos, pero no vuelvas al pueblo los próximos días.

Camino por esta carretera rodeada de llanura, y recuerdo al padre de José rodeado de muerte. La llanura nocturna de la muerte. Nocturna, aunque el día sea todo esto, esta luz indefinida que define las cosas. Esta llanura. Y toda esta tierra, haciendo que quiera ser tan grande como para poder tumbarme sobre ella y cubrirla toda. Toda esta llanura superior al tiempo. Esta llanura profundamente triste, enterrada en su propia eternidad. Pasan junto a mí los carros con los hombres del campo. Vienen cansados y traen algo de esta llanura en el rostro. Me examinan, y roban al cuerpo un esfuerzo para saludarme cuando pasan. Los saludo, agradecido. Mañana, cuando sea muy de mañana, harán otra vez este viaje, y lo harán tantas veces, que un día no sabrán si vuelven a casa, al caer la tarde, o al campo, de madrugada. A donde voy, a donde vaya, me acompaña la llanura. Los alcornoques y las encinas van quedando atrás y van siendo sustituidos por alcornoques y encinas. En el lugar desde el que veo, los chaparros enroscados crecen y, en el espacio de pocos metros, se convierten en alcornoques grandiosos. Ando y me acerco a la hacienda. He llegado a la subida. Siento en los pies las muchas piedras de la carretera. Siento en los pies su edad. La mujer de José está regando el jardín pequeño que a la señora le gusta que se conserve. Buenas tardes. La puerta de la casa de José está abierta y entro. Su hijo, apoyado en un almohadón y sentado en una manta de retazos, sostiene en las manos tan pequeñas una cuchara de palo. Me mira de una manera más intensa de lo que un niño es capaz. Será un hombre. En la habitación, la mirada grande de José es la de un huérfano en el momento de quedar huérfano. Me siento ante él. Le miro intentando verlo por dentro y hay una barrera que no me deja, un muro negro, como una cortina de noche cerrada. Fuera, la mujer de José se ha apoyado ahora en la pared. Lo sé, no porque la vea o oiga el más mínimo ruido, sino porque la siento a través de la pared y porque escucho el ruido tenue de oír porque no hay ninguna acción que no tenga sonido ni sonido que no pueda ser identificado, si estamos suficientemente atentos y vivimos lo suficiente para saber estas cosas. José permanece. Espero que pueda escuchar y entender mis palabras, le digo no vuelvas al pueblo los próximos días, no vuelvas, me han contado que el demonio quiere fastidiarte otra vez, te sacudió bien y quiere fastidiarte; si me tienes respeto y consideración, no vuelvas al pueblo; por tu padre que es un desgraciado, por tu madre que tanto te quiso, por el hijo que tienes ahí, no vuelvas al pueblo; te lo pido por todo, deja pasar un mes o dos, pero no vuelvas al pueblo los próximos días.

L os hombres son una pequeña parte del mundo, y yo no entiendo a los hombres. Sé lo que hacen y las razones inmediatas de lo que hacen, pero saber eso es saber lo evidente, es no saber nada. Pienso: tal vez los hombres existan y sean, y tal vez para eso no haya ninguna explicación; tal vez los hombres sean fragmentos del caos sobre el desorden que encierran, y tal vez sea eso lo que los explique. Había un sol dentro de un sol dentro de un sol en mi mirada, pero sé que fuera de mí y fuera de la luz tan nocturna en la que me he convertido, hoy ha pasado una noche, allá fuera, en el cielo, allá fuera, en la habitación en la que estoy. Sé que mi mujer y mi hijo dormirán descansados. Me torturaban monstruos moldeados en la oscuridad del sol que me ciega, de grandes patas y grandes garras que desgarran lo que soy, y ellos dormirán descansados. Mejor así. Mejor que sea yo quien sufra y sea derrotado, y no vuestras miradas, que siempre he querido defender. Siempre he querido defenderos de lo que destruye poco a poco, antes de matar de una vez. Siempre he querido defenderos y también en eso he sido derrotado, en todo he sido derrotado, porque sé que, más pronto o más tarde, también vuestros rostros sufrirán; más pronto o más tarde, también tú, mujer que he querido más que todo, morirás, y tú, hijo mío, morirás. Nuestras tumbas en el cementerio serán por un tiempo cuidadas y visitadas por aquellos que dejamos, pero también ellos morirán un día; y nuestras tumbas se llenarán de musgo y de hierbas, y alguien que pasará junto a nosotros no se detendrá, e incluso ésos que dejamos no serán recordados por nadie, pues todo lo que amaron murió; y esta casa que fue importante para nosotros habrá desaparecido, crecerá tal vez un alcornoque en su lugar, y el cementerio donde estaremos será arrasado y alguien que nunca conoceremos labrará esa tierra en la que nos transformaremos, y ese alguien que no se acordará de nosotros labrará la tierra pensando tal vez en sus hijos y soñando y olvidándose de que también él morirá y se convertirá en tierra y también sus hijos pequeños y también los hijos por nacer de sus hijos. Sé que ha pasado una mañana o una tarde o un día, y que el viejo Gabriel ha venido a visitarme. Ha dicho palabras que no he distinguido de una música, una música de arpas, y he descubierto que el viejo Gabriel no es un hombre. Ningún hombre puede resistir más de cien años sin que se le canse el cuerpo, y se consuman sus ganas de vivir. Lo envidio. Me acuerdo de cuando yo era pequeño y lo veía en la huerta levantando la azada en el aire y hundiéndola con toda su fuerza en la tierra; me acuerdo de todo lo que me enseñó, y de haber ido a por nidos, como si fuéramos de la misma edad, pero siempre sabiendo que no lo éramos, me acuerdo del gran respeto que tenía por mí y que yo le devolvía, nunca obligado. Hoy, lo respeto aún más; y sé que también mi hijo aprenderá con vuestra mereced, sé que también mi hijo se acostumbrará con usted al olor de la tierra removida, al sonido de la azada hundiéndose en la tierra. Y eso no puede ser triste. Ha dicho palabras que no he podido descifrar porque, al salir de su boca, se transformaban en música. Una música como nunca había escuchado, una música de instrumentos que no he reconocido, pero que presumo son arpas, pues las arpas son los instrumentos de los ángeles. Ha dicho palabras que no he descifrado, porque no eran para ser descifradas, aunque la mirada del viejo Gabriel lo intentase todo. Y la noche ha regresado. Ésa es una certeza. La noche siempre regresa.

Pasó una noche. La mañana apareció por toda la llanura y en el tejado de la casa de los ricos, y José se levantó como si aquella fuera una mañana normal y se levantara después de dormir una noche. También la mujer despertó. Empezó a vestirse y, ni cuando José se detuvo a observarla y todo lo demás en su mirada se desenfocó, levantó ella los ojos del suelo. José salió a la calle y respiró hasta dentro de sí. Era aquella una mañana óptima para resucitar. A pesar de ser muy temprano, el inicio del calor se sentía ya en una brisa muy lenta o en el paso de la piel de José por el aire. Rodeó la noria. Se acercó a la alberca de lavar la ropa y, viendo que estaba llena de agua limpia, sumergió las manos, mirándolas largamente como si esperara que fueran a liberar algo, como si estuvieran sucias de sangre y la sangre las abandonara poco a poco; arrimó la cara a la alberca y, con un gesto inesperado, levantó las manos y se inundó el rostro de agua: una vez, dos veces. El agua le corrió por la cara y no sintió el fresco que esperaba, no se sintió despertar o nacer. No engañó al cansancio con el agua fresca y limpia. Para entonces, la perra lo seguía ya. Y José y la perra, lentos, se dirigieron a las cancelas que encerraban el rebaño. Todas las ovejas estaban tumbadas bajo el techado. Había cerca de doscientas ovejas tumbadas bajo un techado, no protegidas del viento, ni de la lluvia o del sol; doscientas ovejas bajo pocas filas de tejas viejas, sostenidas por barrotes viejos, tejas suspendidas en el aire por troncos de pino engrasados por el rozar de la lana y el arraigado olor a cordero. En los comederos, aún había restos de las brazadas de heno que el viejo Gabriel había traído la víspera. La perra se apoyó en la cancela que abría. José deshizo la confusión de alambres. La perra entró corriendo y llevó a las ovejas hacia fuera con ladridos muy diferentes de los que ladraba cuando era joven, con ladridos monótonos que, incluso así, hicieron a las ovejas relampaguear y no caber en su prisa en la estrechez de la salida. Con casi todo su peso en el cayado, José siguió despacio a las ovejas. La perra corría alrededor del rebaño en un trabajo sin fin, unificándolo y haciéndolo esperar por el pastor. José era la sombra de un hombre muy cansado y muy distante de aquel paisaje o muy próximo, dentro, de la llanura y del sol niño; era la sombra de un hombre con un cayado en la mano y, a la espalda, la piel negra de un cordero que había criado y que, no por ser diferente de los demás, siempre recordaba cuando se ponía la piel a modo de chaqueta; era la sombra de un hombre en la mañana, con una bolsa sujeta al hombro por una cuerda y un cordero pequeño bajo el brazo.

Sin que José pudiera saberlo, en ese instante, en una habitación del pueblo, era susurrado su nombre. La hija de Moisés y de la cocinera acababa de dormirse. Ajustándose dentro de la combinación el seno, flácido y dulzón por la boquita de la niña, la cocinera entró en las sábanas, giró la cabeza hacia Moisés, y dijo hoy vais al "monte de los olivos", tienes que ir hoy antes de que se ponga el sol, y le das un recado mío a José, le llevas un tarro con guisado de cordero, y le dices que no venga al pueblo en los próximos días; si pregunta por qué, dile que soy yo quien se lo manda decir. Sin ganas de ir, Moisés se quedó por un instante haciéndose a la idea y cerró los ojos.

Mi hermano está insoportable. Se pasa el tiempo quejándose de la cocinera y de la niña, como si la cocinera tuviera la culpa de que la niña se pase la noche despierta y el día durmiendo y como si la niña tuviera la culpa de tener tres meses. Hoy, cuando le he dicho que me quería marchar pronto del lagar para ir a la hacienda, se ha pegado inmediatamente a mi oído, enfadado, susurrando no voy, te digo ya que no voy, no estoy para hacer ese camino bajo el sol e ir allí a hacer nada. Hemos estado enfurruñados hasta el almuerzo. Al llegar a la mesa, la cocinera había hecho dos hermanos gemelos, igual que nosotros, y una cocinera, igual que ella, con una niña muy gorda en el regazo. Parecía un retrato, de tan fieles como eran los rasgos de los muñecos y de tan fiel como era su alegría. En ese momento, mi hermano se ha acercado a mí y ha dicho si todavía quieres ir a la hacienda, podemos ir. Los muñecos que estaban alineados en una escena en la fuente estaban hechos de una masa consistente que no he llegado a identificar, sabían a pescado, quizás bermejuela, quizás boga, quizás carpa.

Realmente, en cuanto hemos dejado atrás la última casa del pueblo, el sudor ha empezado a atravesarnos la piel, bajo la boina, bajo los brazos, bajo los calzoncillos. Cuando hemos dado la vuelta al pantano, el tarro me pesaba ya en el brazo, pero me he callado y no he dicho a mi hermano que lo llevara un rato. En un campo del doctor mateus, había hombres sacando corteza junto a la carretera. Hemos parado un instante, y las aguadoras se nos han acercado y nos han ofrecido un corcho de agua. Agradeciendo por mi boca, mi hermano ha aceptado. Yo he rehusado y, aunque intentara fijarme en los hombres que estaban subidos a los árboles arañando con el machete la corteza de los alcornoques y las encinas, aunque intentara fijarme en los hombres que lanzaban planchas de corteza del tamaño de ellos hacia lo alto de una pila en lo alto de un carro, sólo conseguía ver a las aguadoras que con toda lentitud destapaban el tapón de corteza del cántaro, inclinando el agua fresca hacia el corcho, y mi hermano que la bebía lentamente, y el ruido del agua al pasar lenta por su garganta, y mi hermano que pedía otro, las aguadoras que sonreían, y con toda lentitud destapaban el tapón de corteza del cántaro, inclinando el agua fresca hacia el corcho, y mi hermano que la bebía lentamente, y el ruido del agua al pasar lenta por su garganta. Hemos vuelto a la carretera, y el tarro lleno de guisado se agitaba y me pesaba más en el brazo. Mi hermano estaba renovado y yo intentaba recuperarme durante el tiempo en que pasábamos por las escasas sombras.

Llegamos ahora a la valla antes de la hacienda, y he olvidado todo el esfuerzo que he gastado, me concentro sólo en esta subida, ni muy empinada ni muy larga, y pienso casi está. Aún no hemos hecho un cuarto de la subida. El sol quema en lo máximo de su fuerza ilimitada. Llego a un cuarto de la subida y pienso casi está. Falta andar tres veces más este trozo que ha sido un cansancio inmenso. Tres veces el tiempo que este tiempo ha tardado en pasar. Pienso casi está, y pienso en la cocinera que me ha mandado venir a la hacienda, vete y da este recado. Pienso en su mirada. Y llegamos a lo alto de la valla. Llamamos a la puerta de José. Saludamos a su mujer. Ella no nos responde y no nos mira. Preguntamos por él. Ella menea la cabeza, como analizando si es realmente necesario responder, y escoge las mínimas palabras para, con una voz ahogada por la mano delante de la boca, decir que él está en el campo. Damos las gracias. Ella cierra la puerta. Nos sentamos en un banco de cemento encalado, a la sombra, ante la casa de los ricos, y esperamos.

Hace años que cuido ovejas y nunca ninguna me ha mirado de frente. Mi mujer. Me miró un día de frente. Ese atardecer, hace poco más de un año, hicimos a nuestro hijo y pensé que así era como todas las personas encontraban a alguien. Venía una persona llegada de ninguna parte, sin motivo para venir o con un motivo que no se entendía, y se ofrecía a otra persona, y esa persona encontraba todo eso natural, porque era así como todas las personas encontraban a alguien, y era en ese momento tan grande cuando ambos se entregaban a la vida, sin mirar hacia atrás o pensar un poco, ambos se entregaban uno al otro a la vida porque, a partir de ese gran momento, toda la vida sería así, natural, inexplicable y grandiosa. Me faltó saber que lo que el mundo es en un instante, no es el mundo siempre. Antes de casarme, los hombres en la calle le llamaban ramera. Que, ¿qué tal está la ramera? Le llamaban puta. Que, ¿qué tal está la puta? Después de casarme, dejaron de llamarle ramera o puta. Que ¿qué tal está tu mujer? Y pensaban ramera, puta. Nos casamos y mi mujer nunca más salió de la hacienda. No conozco su sonrisa y la he imaginado tantas veces y hace tanto que he desistido de verla. No conozco el toque de sus manos, quizás suave, quizás áspero, y lo he imaginado tantas veces. No conozco su alegría, por muy furtiva, por muy breve, y hace tanto tiempo que he desistido de verla. No sé qué nos ha arrasado. Somos ruinas. Somos lo que fue una casa con gente viva y niños creciendo, humo en la chimenea, ventanas abiertas en las noches de verano y hoy es ladrillos esparcidos por la tierra y redondeados por la lluvia, tejas partidas en la tierra, caliza y tierra esparcida por el suelo podrido de madera, y hierbas creciendo entre las tablas del suelo. ¿Habremos sido alguna vez algo sólido, una casa viva? Para mí, lo fuimos.

No me importa este momento ahora, pero sé que es hora de volver a casa. Me lo dice la perra, que me mira y acecha a mi alrededor. Le grito una sílaba que, creo, no ha salido de mí. La perra reúne el rebaño. Caminamos hacia la hacienda. El rebaño es un río difícil de recorrer, que tropieza en todas las piedras, debilitado por una corriente mayor que la suya. El campo es una persona de mi familia. Hemos hablado muchas veces. Él me dice cosas. Yo le he confesado cosas que nunca había dicho a nadie. Él me ha protegido y me ha abrazado y me ha consolado. La tarde entra poco a poco en el campo. El sol cada vez más débil. Cierro los alambres que encierran a las ovejas. Veo a los hermanos levantarse del banco donde la criada vieja solía sentarse a ver jugar a los hijos de los señores. Se acercan a mí.

Moisés se acercó a José. No le dijo nada sobre lo que sabía de las palizas del gigante, no le preguntó nada sobre eso, no mencionó nada que pudiera llevar a ese asunto. Le tendió el tarro, le saludó normalmente, pero le miró de forma distinta. La mujer de José salió a la calle, vació un barreño, echando el agua a gran distancia, y fue a regar el jardín pequeño al pie de la noria. José ya no dejó de mirarla. Moisés dijo algo poco importante, que no le interesaba realmente decir, hace mucho que no te veo, o tengo una hija muy bonita pero que no me deja dormir, o la cocinera se acuerda mucho de esto, de la hacienda; dijo algo poco importante y preguntó algo de poca importancia, ¿qué tal anda tu padre?, o ¿cómo anda tu hijo?, o ¿cómo andas tú? José no respondió, porque no oyó. Miraba a la mujer, cada movimiento de la mujer, con una expresión grave en el rostro. Elías dijo algo al oído de su hermano metiéndole prisa, pues quería que les llevara alguno de los carros que llevan a los que trabajan en el campo. Moisés no perdió más tiempo y dijo no vayas al pueblo los próximos días. El rostro de José se mantuvo inalterable. Moisés repitió no vayas al pueblo los próximos días, es la cocinera la que me ha mandado que te lo diga. José siguió con la misma mirada detenida y no oyó ni una siquiera de las palabras de Moisés. Los hermanos se despidieron y se fueron. Hasta que el día no fue noche, José permaneció en el centro de la hacienda, impasible, mirando a la mujer, cada movimiento de la mujer.

No llegamos a tiempo de que nos recogiera el último carro y volvimos al pueblo a pie. Aún no habíamos hecho una tercera parte del camino cuando anocheció sobre nosotros. A pesar de que ya no hacía tanto calor, estamos viejos. Mi hermano ha estado molesto con la niña, y yo lo entiendo, pasa el tiempo molesto con la cocinera y enojado conmigo, y yo lo entiendo. Lo entiendo, porque sé. Tan cierto como que estoy aquí, es que a él le gusta tanto la niña como a mí que soy su padre y, secretamente, simpatiza con la cocinera desde el día en que la conocimos en la boda de José. Lo veo claramente. Si nos quedamos solos con la niña, él le pasa la mano por la cara y dice ¡ah, *niniu*! Le hace carantoñas en el pelo. Y ella, intrigada porque somos iguales, le mira llena de la preocupación de la que una niña de tres meses es capaz, y él, asegurándose de que estamos realmente solos, dice ¡ah, *niniu*! A la cocinera no le dice nada, pero veo la forma en que le mira cada vez que se nos presenta con uno de esos manjares artísticos. Le mira con estima, como si la felicitara. Sé bien que cuesta ver el dinero de la renta de nuestra casa, mes tras mes, disolverse en los platos, pero estoy seguro de que son más las veces en que mi hermano no se acuerda de eso y se deleita con las comidas, que las veces en que se acuerda y se lamenta a mi oído. Y, camino del pueblo, lo repetí para mí y dije estamos viejos. Antes, nuestras piernas hacían este camino cuatro o cinco veces al día, para aquí, para allá, hacían este camino y no se fatigaban ni la mitad de este agotamiento. Si teníamos prisa, y los muchachos jóvenes siempre tienen prisa por llegar a alguna parte y por llegar de ahí a otro lado y de allí a otro; si teníamos prisa, nos echábamos a correr y, cuando llegábamos al pueblo, estábamos frescos como si hubiéramos pasado toda la tarde allí sentados, conversando. Hoy, nos pesa en las piernas nuestro peso. Caminamos mirando dónde ponemos los pies, con cuidado para no caer, porque si nos partiéramos una pierna sería nuestra muerte. Sentimos un temblor invisible en las piernas, y hoy ese temblor ha aumentado el doble, y ya se nota al mirar. Los huesos no se doblan de la misma manera. Hasta la respiración es muy diferente de lo que fue. Antes, era algo normal, algo en lo que no reparábamos. Hoy, es necesaria más fuerza para aspirar el aire y, cuando lo expulsamos, soltamos un ruido de asma, como si tuviéramos el pecho medio atascado o nos hubiéramos tragado una gaita oxidada. Costosamente, llegamos al pueblo y a casa. La niña estaba descansando. No va a dormir nada por la noche, me dijo mi hermano. La cocinera nos ayudó a quitarnos las botas y a desentumecer los dedos de los pies. Con los horarios cambiados de la pequeña, también los nuestros estaban alterados y, a pesar de ser por la tarde, fuimos a cenar. Nos sentamos y la cocinera me preguntó ¿este día te recuerda algo? Me paré a pensar y no conseguí acordarme de nada especial. Mi hermano, al oído, me susurró que quizás hoy cumplíamos un año de casados. Así era. Sonriendo como una muchacha, la cocinera me presentó un plato sólo para mí que era una espiral infinita con forma de corazón. Estaba hecha con setas que mi hermano había cogido y con tiras de lomo de vaca que habían costado, sólo ellas, casi un mes de renta. También tenía tal mezcla, y tan extravagante, de condimentos que no conseguí identificar ni uno solo. Fue uno de los manjares más sabrosos que se me haya dado probar. Comí todo. Me limpié la boca con el borde de la mano, y la cocinera pasó junto a mi huidiza y me susurró te amo. Sonreí. A pesar de que estaba rendido y de que la niña se despertaba cada cuarto de hora, esa noche hicimos el amor más de una vez.

De madrugada, Moisés fue al patio. Se instaló apoyado en el tallo de una berza espigada y empezó a obrar. Con gran esfuerzo, se limpió y se levantó. Somnoliento, el hermano esperaba y le preguntó, ¿te duele la tripa? Volvieron a la cama y, camino del lagar, no volvieron a acordarse del tema. Si es posible, Moisés estaba todavía más agotado que la víspera. La incomodidad de un cuerpo molido sólo mortifica la carne después de una noche dormida, y fue a eso a lo que Elías atribuyó el cansancio que le trababa los miembros. Los sobradillos todavía tendían una sombra, y los hermanos avanzaban encorvados bajo ese resquicio de abrigo. Caminaban sin ver las calles. Nunca nadie se había dado cuenta, pero, desde que Moisés se había casado, los hermanos iban siempre a la puerta de su casa y, desde ahí, daban media vuelta y seguían el camino que hicieron la primera vez y que siempre hacían hacia el lagar. Dirigirse a su antigua casa suponía retroceder y era inútil, pero era así como lo hacían. No lo hacían por superstición, sino por costumbre. Y, esta vez, las casas enca- ladas eran las últimas, y tan tristes, que intentaban inútilmente hablar a los hermanos. Era como si quisieran llamarles la atención costara lo que costara. Era como si quisieran despedirse de los hermanos y sintieran ya nostalgia de ellos. Las casas encaladas que eran todos los días el camino de los hermanos. Entre las cosas eternas se establecen lazos, y que ellos pasaran por aquellas casas todos los días era tan eterno como la cal de las casas. La memoria de las casas se había acostumbrado a que los hermanos pasaran lentos, como se había acostumbrado al cielo, como se había acostumbrado al sol. Los momentos acumulados de los hermanos pasando, en aquel camino igual ante cada casa, eran mucho tiempo, incluso en la vida de una casa. Y, al paso de los hermanos, destilaban lágrimas de claridad en la cal.

Ante el portón del lagar, se irguieron los dos tanto como pudieron, pero fue Moisés quien sacó la llave del bolsillo y la hizo entrar en la cerradura. Después de ésa, otra cerradura. Desde los depósitos de aceite, goteaba la voz acompasada de un lamento, como el grito de una madre llorando a un hijo, un grito de negra desesperación, dibujado en el sonido de gotas de aceite. Negro era lo que Moisés y Elías sentían. Como si entraran en un túnel, se daban cuenta, cada vez más dentro de sí, de que se acercaba algo que los separaría. Leían en su interior que ese momento los esperaba detenido en el futuro y que el tiempo se consumía ante ellos, ardiendo. Al mismo tiempo y con las mismas imágenes, y con las mismas palabras, los hermanos se acordaban de lo que dejaban: la niña, la cocinera, el rostro insepulto del padre en la memoria, lo que oyeron contar y lo que imaginaron de su madre. Se acordaban de la niña despertándose de noche y durmiéndose en los cuatro brazos entrelazados; la niña que cerraba los ojos, sabiendo, más de lo que podría saber alguna vez si fuera grande, sabiendo incluso que ellos la amaban. La cocinera, sentada al fuego, viéndolos comer, más contenta que si fuera ella misma la que comía; feliz, como desea un hombre que sea feliz la mujer a la que ama. El padre que les enseñó la mitad de la vida, que murió mirándoles, como si ellos fueran todo lo que tenía y se orgulleciera de lo que había conseguido. Y la madre que no conocieron ni en un retrato, pero que ambos eran capaces de ver en la imaginación: muy joven, con el pelo rizado, de ojos castaños y grandes. Todo lo que dejaban, las mañanas de tibio sol, el camino del lagar; todo se les amontonaba en la memoria, porque se aproximaba lo que los separaría: mucho más terrible que lo del hombre que arrancaba dientes con un alicate, más terrible que una navaja afilada separándolos, más terrible que unas tijeras. La mañana se alzaba en las calles del pueblo y en las llanuras que lo rodeaban, pero dentro del lagar oscurecía un silencio inmóvil.

Estaban sentados y no hablaban. Cada uno miraba hacia un sitio que no veía. Tras los rostros tristes, reflexionaban. Pensando, Moisés decía palabras a su hermano, esperando que las oyera; en el pensamiento, decía será un instante y traerá soledad. Por primera vez, gritaremos uno el nombre del otro. ¿Te has dado cuenta?, nunca hemos necesitado llamarnos. No sé cómo es mi nombre en tu voz. En tu voz, hermano, hermano. No sé cómo es tu nombre en mi voz. Por primera vez, gritaremos uno el nombre del otro, y la desesperación será la antecámara de un dolor triste al que nos acostumbraremos, como se acostumbra un hombre sin corazón al espacio negro en el pecho. Siempre has vivido en mi vida, y yo siempre he estado contigo cuando sonreías. Hoy, la soledad. Desapareceremos uno del otro, dejaremos de ser nosotros para ser sólo tú y sólo yo. Pero no olvidaremos. Y recordar será el mayor sufrimiento, recordar lo que fuimos donde estuvimos y no pudimos ser nada más ese día. Recordar cuando nos despertábamos y nos mirábamos uno al otro, pues nos habíamos despertado al mismo tiempo y los dos habíamos pensado al mismo tiempo vernos. Recordar cómo hablábamos con nuestra manera de hablar, y quedarnos con ese lenguaje sólo en nuestra cabeza, esa forma de hablar que nunca más utilizaremos con nadie. Hoy, he de dejarte, sabiendo que siempre te he querido porque siempre has estado conmigo. Y ya no me avergüenza esa palabra que nunca hemos dicho: amor: esa palabra: amor: que nunca llegamos a decir y que hoy necesito decir. Sincero, verdadero, hermano. Sentiré tu falta. Sin poder explicárselo a nadie porque no existirá nadie a mi lado, sentiré tu falta. Y, por más negra que sea la llanura por donde vagaré por la eternidad, será siempre el recuerdo doloroso de un atardecer, será siempre la pena de sólo poder recordarte.

Y, con una luz repentina en su interior, las tripas de Moisés se incendiaron de un fuego vivo, construido de una asfixia avasalladora, un fuego y una luz que cavaban agujeros en su tripa, que hundían clavos a martillazos en su tripa, que abrían cortes de machete en su tripa; en la tripa de Moisés, mil ejércitos caminaban descalzos sobre brasas, mil armadas que rasgaban con timones de láminas afiladas mareas de fuego vivo; en la tripa de Moisés, luz y fuego, luz y fuego, un sol súbito nacido con la fuerza del mediodía, una llama de fósforo que caía sobre el petróleo derramado en su interior. Moisés estaba encogido sobre su vientre, y Elías estaba encogido sobre su vientre. Los dos hermanos sentían el mismo infierno que les quemaba por dentro. En el lagar, las paredes gritaban un coro de gritos que, a los oídos de los hermanos, eran un único grito que escarbaba en sus orejas con un tizón afilado, y creyeron los hermanos que aquella voz era así en todo el mundo: que el agua que corría por los regatos era aquella estridencia; que el silencio de pájaros y grillos en las llanuras había sido sustituido por aquella sordera intensa que derrumbaba árboles, arrancaba casas y piedras, y hacía enloquecer a los hombres, con la voracidad de un ciclón. Moisés ardía por dentro, Elías sentía las mismas llamas. Pero uno y otro sabían que era Moisés quien se estaba muriendo. Moisés cayó de rodillas, Elías cayó de rodillas. Y, en las tripas de los hermanos, una bruja de ojos sanguinolentos removía un caldero de llamas y brasas, un río se desbordaba de su lecho e inundaba los campos de llamas y brasas, una multitud de locos lanzaba cohetes y transformaba el cielo de la noche en llamas y todas las estrellas en brasas. Moisés vomitaba espuma. Y ambos cerraban los ojos con toda la fuerza que tenían en los ojos, y ambos veían un negro perfecto que los engullía: ni el negro de bajar simplemente los párpados, batiburrillo de polvareda luminosa; ni el negro de la noche y, antes de dormirse, imaginar el día o incluso la mañana: sino el negro absoluto de la soledad, apático negro, absoluta soledad, eterno, eterna. Moisés vomitaba espuma que, contra su voluntad, subía por él y le salía, vomitada de la boca, en forma de un cuerpo constante, redondo. No era una espuma blanca porque llevaba, mezclados, sangre y pedazos amarillentos de su interior. Y, al aumentar, todo el dolor se convirtió en imposible de ser soportado. Y los hermanos resistieron al fuego que quemaba más que el fuego, al grito inaudible que los ensordecía, al negro negro de la muerte que los cegaba, para mirarse una última vez. Y, en ese instante largo por su importancia, no ardieron por dentro, se miraron, y no dijeron palabras en su mirada; entraron uno dentro del otro, cambiaron de cuerpo y así se abrazaron. Destruido, al final de ese instante, Moisés cayó muerto.

Por la noche, después de la hora de la cena, la cocinera les echó en falta y fue a pedir al maltés que por favor fuera a llamarlos. Y fue ese hombre quien encontró a Moisés con la cabeza apoyada en el pecho de Elías, y Elías llorando con cara de quien ha llorado mucho. Fue ese hombre quien descubrió sus bultos en la oscuridad del lagar y les encendió un fósforo para alumbrarlos, sin saber quizás que aquella oscuridad era imposible de iluminar. Miró hacia el agua que dibujaba gruesos ríos en el rostro de Elías, hacia los manantiales de sus ojos, y sólo vio que lloraba. No vio que Elías había sentido la muerte sin morir, no vio que había muerto y sobrevivido a la muerte para continuar sufriendo. Y volvió ese hombre con más hombres en silencio, hombres negros y serios, tristes, hombres que levantaron a Moisés y lo depositaron en un carro. Elías siempre a su lado, llorando. Las ruedas de hierro del carro trepaban por las piedras y el polvo de la calle, y ése era el único sonido en el silencio fúnebre de la noche. El carro pasaba y las calles se iluminaban lentamente, porque todas las puertas se abrían y toda la gente, conmovida, salía para ver a los hermanos. En la puerta de sus casas, los hombres sin boina y con los brazos caídos, quietos; a su lado las mujeres, con la misma mirada de quien no puede más que sentir y lamentar tanto. A la noche, los hombres, hechos de noche negra y solemne, que habían ido a buscar a los hermanos, caminaban a pie y, lentos, tiraban de la mula por las cinchas; sobre el carro, Moisés muerto e, inclinado sobre él, las ruinas del cuerpo de Elías, sus lágrimas. Pasan muchas noches dentro de la noche hasta que llegan a casa de la cocinera. Y el carro se detuvo en seco. Viuda, la cocinera los esperaba en la puerta, vestida de negro cerrado, vencida, llorando. Siempre en silencio, como si estuvieran inmóviles, los hombres cargaron a Moisés y lo dejaron sobre la colcha nueva de la cama. El lugar de la cuna de la niña estaba vacío, pues en cuanto el maltés volvió del lagar para pedir ayuda, en cuanto avisó a la cocinera y las vecinas la rodearan, hubo una que se llevó a la niña a dormir a su casa. Los hombres juntaron las piernas de Moisés, le colocaron el brazo derecho sobre el pecho y salieron. Quedaron los tres solos, y todo en la casa fue triste. Como una sombra sobre el suelo, la cocinera salió y volvió con una palangana y un paño. Desnudó a los hermanos, uno y otro igualmente sin fuerza, y, humedeciendo la punta del paño en la palangana, los lavó. Los secó y les puso un par de camisas muy blancas y apreciadas, y les vistió con los trajes de ceremonia. Los trajes no eran negros, pero eran los únicos. Les abotonó los botones dorados uno a uno. Desató el sistema de botones y correas de las mangas unidas y las ciñó. Los peinó y se sentó en una de las sillas que las vecinas habían traído de casa y dispuesto alrededor de la cama. El quinqué de petróleo hizo temblar su luz en el dolor hasta la madrugada. Al amanecer, llegó la primera mujer. Dio los pésames a la viuda y al hermano, y nadie la oyó, abrió la puerta de la calle y la sujetó con una tabla, sopló el quinqué y abrió las contraventanas. Elías lloraba todo lo que había vivido, pues toda su vida estaba muerta y tendida ante él en una colcha. La cocinera lloraba, por haber perdido a su hombre; y sabía entonces, más que nunca, la importancia de aquello, y esa certeza sólo la hacía sufrir más, pues había perdido para siempre a su amigo, aquel para quien vivía y a quien deseaba tanto bien. Llegó una segunda mujer. Después de decir mi más sentido pésame, mi más sentido pésame, y de mirar largamente el cuerpo muerto de Moisés, se sentó al lado de la otra. Fueron unas setas venenosas que comió, susurró una de ellas. Elías pasó la mano sobre los ojos de su hermano, le pasó la mano sobre los labios, y las lágrimas eran muy limpias al bajar por su rostro. Triste, la mañana entraba poco a poco por la ventana.

P or el dedo que nos une, tu muerte ha avanzado hacia dentro de mí como una enfermedad que intenta progresar. Siento mi mano tan helada como la tuya, siento que la sangre corre por las venas de mi mano y corre helada por todo el cuerpo, siento mi cuerpo tan helado como el tuyo. Hermano, te oí antes de que murieras y tú no me oyes ahora. Mis palabras aquí son como palabras escritas en un papel blanco que se mantiene blanco con esas palabras invisibles a alguien que las lea, palabras que envejecen porque no hay quien las comprenda, que pierden su significado, que se mezclan imperceptibles en una brisa en la que nadie repara. Hermano, toda mi mirada se desperdicia porque sé que tú no ves nada. Toda mi mirada es inútil en tu silencio, toda ella se convierte en ese silencio que recuerda tu vida y tu muerte. La luz de la mañana, callada porque estás muerto y eres tú quien le dabas voz; la luz de la mañana, iluminando cada esquina oscura como cuando tu sonrisa. Si estuvieran aquí tus ojos abiertos, te gustaría ver esta mañana. No sería triste, sentiríamos esta mañana en el rostro y nos calentaría. Quiero ser pequeño una vez más y jugar contigo. Estar sentados en el suelo, y que un amanecer como éste descienda sobre nuestro juego para sentarse a nuestro lado y jugar con nosotros y ser quizás nuestro juguete. Quiero dormirme contigo, como nos dormíamos descansados las noches de un agosto tan distante de éste. Desnudos, con la sábana arrugada a los pies de la cama, con la ventana abierta a la noche del patio, nos dormíamos y, con la primera brisa de la madrugada, nos despertábamos al mismo tiempo y nos tapábamos con la sábana, y en ese tiempo en que éramos niños dormíamos hasta que queríamos, nos despertábamos al mismo tiempo cuando la luz del sol nos llegaba a los ojos cerrados e inmediatamente abiertos. Quiero estar contigo en la huerta de marcos, y nuestro padre abriendo surcos con el arado, y diciéndonos id a llevar este manojo de berzas y éste de nabos al señor marcos, y por todo el camino hablábamos de tantas cosas que teníamos que decirnos y que tantas veces decíamos sin hablar, y cuando llegábamos a la puerta grande, era yo quien levantaba la mano de hierro que sostenía una bola y la golpeaba contra la puerta, eras tú quien hablaba a la criada, decías nuestro padre nos ha dado este manojo de berzas y este manojo de nabos para el señor marcos, y la criada decía están entregados; ni gracias, ni no hacía falta que se molestaran, decía están entregados, y nos cerraba la puerta. Tu voz es lo que nunca más podré oír, y que sólo quería oír ahora diciendo vamos a descansar, diciendo hermano hermano. Hermano. He llorado mucho, y esta noche ha sido la eternidad de muchas vidas sufriendo, la desesperación igual dentro de muchas vidas sin esperanza. Sé el sabor de las lágrimas. ¿Te acuerdas de cuando llovía? ¿Te acuerdas de nuestro padre, en el mercado, comprando nuestros dos paraguas iguales y negros? Pasábamos por las calles, los dos paraguas juntos, rodeábamos los charcos, la lluvia hacía bajar ríos desde los canalones, los dos paraguas juntos, la lluvia caía en hilos por las varillas. Las lágrimas me recuerdan ahora esa lluvia, pero tu ausencia de todo lo que es esta mañana convierte esta mañana y todo en un encuentro con la tristeza, y no hay lágrimas aquí que se puedan comparar con la lluvia a tu lado. Todo contigo era bueno, porque fuiste bueno, hermano. Y esta noche me ha sepultado. Y esta noche sin ti ha sido mucho tiempo, mucho más que una noche, muchos años que me desgastan. Soy más viejo que si hubiera muerto hace muchos siglos, estoy más exhausto que si fuera ya sólo mi memoria que nadie recuerda. Partiste para el lugar eterno de tu soledad infinita y me has dejado solo en este lugar de tanta gente lejos de mí. Hermano, si estando muerto continuase pegado a ti, querría morir ahora para seguir viviendo. Pero mi voluntad no cuenta. Me espera una noche que es otra y la misma que enfrentas ya. Para cada uno existe una muerte, y esa muerte que es diferente de un hombre a otro, como es diferente la vida, nos hace caminar entre todo lo que es negro para nosotros, entre toda la soledad, gritando para nadie todo lo que podemos amar. Aquí, la mañana, las mañanas indiferentes. A veces, miro tu cuerpo tendido sobre la colcha nueva que nunca usamos, en esta habitación que no es la nuestra y donde nos hemos acostumbrado a despertar, y me duele que estés frío, me duele que tu piel sea más suave, me duele que las personas pasen mirándote y estés muerto: tu mirada nunca más; tu sonrisa nunca más; tú escuchándome, nunca más; tú existiendo y presenciando lo que fui y fuimos, nunca más. Hermano. Las botas por estrenar, las botas que no estaban todavía engrasadas, que habías guardado para el invierno, ensartadas en tus pies: las suelas que no se han gastado, limpias: las botas que usas hoy para siempre, porque aquí ya no valen, porque ya nada de lo que fue tuyo y estimaste vale para nadie. Los pantalones planchados, la chaqueta, la camisa blanca con las puntas del cuello tan puntiagudas. Tu cara transfigurada: la cabeza más serena que una cabeza de hombre vivo; las cejas ralas por haber perdido el uso; los párpados gruesos y pesados cubriendo para siempre los ojos ciegos con una losa de túmulo; la nariz descarnada, inerte, los labios, lavados de la espuma seca y de las palabras y de las risas inconscientes, más finos, más finos; la quijada inútil. Mirar tu cara me cansa dentro del cansancio. Mi cuerpo y lo que no es mi cuerpo y aún así soy yo, todo en mí, yo, el trozo negro de cielo o de piedra, cielo dentro del interior de una piedra, cerrado en la soledad sólida de una piedra, que nunca ha visto el sol, que nunca ha respirado, yo, incluso yo, yo soy una extenuación terminal. Soy el maratoniano que dio la vuelta al mundo para llevarse una carta a sí mismo, y que, ahora que se ha encontrado, ya no es el mismo, y que ahora, sofocado, sólo quiere inclinarse a un precipicio y respirar, y le tapan la boca, y muchas personas con muchas manos le tapan la boca. Mi corazón es el vacío en los ojos de un condenado. Mi sombra es mi soledad. Todo yo me he cansado. Todo mi cansancio choca con mi cansancio, y todo yo soy eso. La noche en la que moriste anocheció en lo que soy. Ha empezado la mañana, y la noche pasada es un cadáver que se pudre dentro de mí. Hermano, no puedo con mis brazos, y la claridad es la oscuridad que los sujeta. Estoy cansado y molido, como si me hubieran pisado mil pies, y preferiría que me hubieran pisado mil pies. Estoy muerto, como si hubiera muerto a la hora en que moriste, y preferiría haber muerto contigo. Soy aquel que sólo es hermano y que no tiene hermano. Soy el que aún espera. Al menos una última mirada tuya, al menos la pequeña esperanza de una última mirada tuya. Lo he perdido todo. Lo hemos perdido todo, hermano. Estoy cansado. Espero una palabra que nazca de tus labios. Dime, por favor, que puedo descansar.

Era una habitación sencilla. Sin un retrato en las paredes, sin un calendario, un espejo. Era una habitación de paredes blancas. Antes de que trajeran a los hermanos del lagar, mujeres que serpenteaban entre el dolor de la cocinera viuda sacaron la cuna de la habitación, hicieron la cama impoluta y dispusieron todas las sillas que consiguieron reunir, y que cabían en la habitación, alrededor de la cama. Las mujeres se sorprendieron con el tamaño de la cama y fueron necesarias tres de ellas para conseguir estirar la colcha y las sábanas. Como hormigas, pasaban las mujeres junto a la cocinera viuda. Perdida en la lejanía de su luto, como estuvo durante todo el velatorio y todo el entierro. La cocinera viuda, Elías y Moisés muerto, pasaron la noche solos y en silencio. Cuando despuntó el día, tenían la piel más pálida, como una capa de polvo que fuera una capa de tristeza. Y llegaron las primeras mujeres con la llegada del día. Al poco tiempo, llegaron muchas, mujeres de negro que susurraban y miraban con piedad. Elías lloró hasta media mañana. En cierto momento, las lágrimas que descendían por sus mejillas en veredas tortuosas pararon. Se le secaron en los ojos y el rostro permaneció en un sufrimiento silencioso e inmóvil. Cuando entraron los primeros hombres, había pasado ya media mañana, la habitación estaba llena de mujeres y Elías dentro del silencio. Por parejas o solos, los hombres entraban con la boina en la mano, miraban a Moisés en un momento suspendido, decían mi más sentido pésame mi más sentido pésame, y salían. En la calle, en la puerta, los hombres se quedaban en un corro que se estiraba cada vez más, y liaban cigarrillos que pegaban con la lengua, y los fumaban pensando en su propia muerte, y alguno decía es la vida.

Nadie avisó en el "monte de los olivos" de lo que había pasado en el pueblo, pero el viejo Gabriel se despertó de repente con una punzada en el pecho, y la primera cosa en que pensó fue en Moisés. Solemne, encendió la leña del fuego con una piña. Bebió el café sentado al fuego, asistiendo a la danza femenina de las llamas y esperando el nacer del día. Empezaba la tierra con un despertar vegetal, cuando el viejo Gabriel tomó la carretera para el pueblo. Su pensamiento rodeaba un camino que estaba lleno de sombras porque estaba lleno de dudas. Nunca se sabe todo del mundo, pensaba. Aquella mañana le ocultaba algo. Avanzaba por entre la quietud de la luz y, para sí mismo, repetía ¿qué habrá pasado?, ¿qué habrá pasado? Sus ojos fijos sólo veían la incertidumbre que lo preocupaba, la certeza de que había sucedido lo que no sabía. Avanzaba con pasos rápidos, como guadañas que cortaban brazadas de hierba. Cuando llegó a mitad del camino, sin que el viejo Gabriel diera crédito, un ciclón de pájaros se agitaba en el cielo sobre él. Todos los pájaros que sobrevolaron el pueblo y los campos circundantes al pueblo, se reunieron en aquel paño picado de negro, que ondulaba en el cielo, y era sostenido por millares de cuerpos frágiles y un restallar de alas. El viejo Gabriel continuaba ciego en su voluntad cuando divisó la primera casa del pueblo. En ese momento, todos los pájaros descendieron sobre él y, a pesar de que se resistió con pies y brazos, todos los gorriones, palomas, tordos, golondrinas, todos los pájaros lo envolvieron en una nube densa y lo levantaron en el aire, en el cielo. En poco tiempo, casi a la altura de las nubes, si hubiera habido nubes, hicieron de vuelta la distancia hasta la hacienda, y depositaron al viejo Gabriel en la puerta de su casa. Mientras veía los pájaros dispersarse, cada uno hacia un lado, tenía los brazos extendidos en dirección a la tierra; tenía, en la mirada de pájaros y de cielo, el desánimo de que no había nada que pudiera decidir. Preso en su condición de hombre, fue a buscar la azada y pasó el día en la huerta.

Empezó la tarde y había ya muchos hombres delante de la puerta. El calor era un castigo, y los hombres aprovechaban un trozo de sombra. Allí dentro, para que el fresco no escapara, habían cerrado una contraventana y dejado la otra entreabierta. Estaban en esa penumbra. Las mujeres sentadas en las sillas arrimadas a la pared; la cocinera viuda en una silla más cercana a la cama; y Elías de pie, con el brazo derecho sobre el hermano muerto. Nadie había tenido el coraje de proponer la separación de los hermanos o de mencionar siquiera ese asunto. Quien veía

a los hermanos, veía dos muertos; y el luto no se reforzó, el sufrimiento no se hizo mayor, cuando, antes de acabar la tarde, Elías
desfalleció sobre la cama. Y morir, para Elías, fue perder las fuerzas.
Morir fue la frontera insoportable de una extenuación absoluta.
Un silencio excesivo. Una falta excesiva. Tras un momento negro
en los corazones, una mujer fue a la calle a llamar a dos hombres
que tendieron a Elías junto a su hermano. En la muerte, tenían
el mismo rostro, el mismo color, la misma expresión. Cuando la
noche oscureció totalmente la habitación, alguien encendió un
quinqué de petróleo y las mujeres empezaron a salir. Sus sombras
pasaban junto a los cuerpos muertos de los hermanos y llevaban
un poco de aquella habitación triste para donde iban. Quedaron
siete mujeres. No hacía frío, pero todas ellas llevaban chales negros
por los hombros. Fue una noche muy grande. Pasaron más años
que una vida, aquella noche. Cuando las lágrimas cesaron en los
ojos de la cocinera viuda, ya la mañana se imaginaba. Y fue abandonada a un silencio más penoso, por ser un silencio de querer
llorar y no conseguirlo y sólo sentir una oscuridad profunda:
oscuridad bajo la oscuridad bajo la oscuridad; y fue abandonada
a un silencio negro como la cocinera viuda sintió la primera luz
de la madrugada. Y, de nuevo, llegaron las mujeres, los hombres.
Y la cocinera viuda no reaccionó cuando, a lo lejos, se empezó a
escuchar el carro que llevaba los muertos al cementerio. No reaccionó cuando los hombres, cargando el enorme ataúd, entraron
en la habitación y dispusieron a los hermanos uno junto al otro.
Cubrieron el ataúd con la tapa y, con dificultad, atravesaron la
cocina y, en la calle, colocaron el ataúd de los hermanos sobre el
carro funerario. Era un carro más pequeño que los otros, pintado
de negro brillante y tirado por dos hombres. Con el peso anormal
del cajón doble, los muelles gimieron un grito de poca agilidad.
La cocinera viuda se levantó de la silla con la ayuda de dos mujeres
e, inconsolable, moribunda, hizo el largo camino hasta el cemen-

terio. Y todas las calles, y todo le recordaba a los hermanos, le recordaba el año de más alegrías de toda su vida, le recordaba la casita que había querido, la vida que había deseado construir, las horas cocinando para los hermanos e imaginando su sonrisa cuando llegaran, todo le recordaba los planes que habían hecho para la niña, y que nunca la verían mujer. La cocinera viuda era muy vieja y sin nada. Cuando llegaron al cementerio, el sol era un pálido reflejo de sí mismo en el cielo. Junto a la sepultura, abrieron de nuevo el ataúd, y los rostros de los hermanos, su mejor traje. Después, la tierra. Palas llenas de tierra haciendo, primero, el ruido de palas que excavan un monte de tierra y, luego, lanzadas al aire, el sonido único de la tierra sobre la madera de los ataúdes: y mucho de la memoria de aquellos muertos que fueron gente que estaba siendo enterrada para siempre. Rodeada de mujeres que la protegían y muy sola, la cocinera viuda volvió al pueblo. La llevaron a casa de la vecina que se había hecho cargo de la niña. Y, sin que la niña pudiera darse cuenta, la cocinera viuda le miró con unos ojos muy sinceros que intentaban contárselo todo. Y la abrazó con mucha fuerza antes de enloquecer.

L a perra de José estaba tumbada con el cuello erguido, en una pose noble, con las orejas tiesas, con una expresión serena, con los ojos cerrados, como si sintiera la suavidad de la brisa. Y sentía la suavidad de la brisa: una pared frágil, un velo muy fino que pasaba imperceptible, la memoria de un vidrio atravesando lentamente la llanura. A la sombra, adormecidas, las ovejas rumiaban las hierbas secas con esa manera diferente que tienen las ovejas de masticar: moviendo los maxilares en horizontal, desencontrados, de un lado a otro. Erguido, José tenía el cayado apoyado en el pecho y pensaba. Esa noche, las ideas, que lo torturaban, lo habían mantenido en un angustiado insomnio. Tumbado en la cama, con los ojos abiertos hacia la oscuridad, oía la respiración de la mujer y la respiración más breve del hijo, y pensaba en la mujer y en el gigante, pensaba en la mujer abrazada al gigante y en el gigante abusando de ella, una y otra vez, una y otra vez. Bruscamente, acababa representando en su mente la imagen de la mujer y del gigante, pensando no puede ser verdad. Se mantenía un momento en ese consuelo, pero de nuevo, al poco tiempo, se le materializaba en que presenciaba el rostro de la mujer y el rostro del gigante, el cuerpo puro de la mujer mezclado con el cuerpo repelente del gigante. Una vez, una sola vez, llegó al punto de pensar ¿y si el niño no es hijo mío?, pero sintió un pozo muy hondo en el pecho, un pozo demasiado hondo de tanto miedo, e, inmediatamente pensó no puede ser verdad. Un profundo pavor le impidió rehacer ese pensamiento, pero, dentro, le quedó la sombra: los contornos negros, casi imprecisos, de ese pensamiento: la presencia impuesta y constante de un puñal que quiere arrancarse del corazón. La certeza está hecha de muchas dudas, una certeza está hecha de mil veces mil dudas, y una duda es lo peor, pensó José. Con el cayado apoyado en el pecho, ante las ovejas, pensaba en cosas como éstas. Y la tarde era propicia para pensar. La hora del calor se diluía en una lentitud indistinta a los ojos de los hombres. Las llanuras se extendían más infinitas.

Con un silbido que dibujó en el aire el movimiento de un latigazo, José llamó a la perra. Las puntas de las orejas de la perra se levantaron, como si tiraran de ellas con una caña de pescar; los ojos se abrieron, como si hubiese olido caza; saltó de su sitio, como si fuese a perseguir una liebre. Y ladró a las piernas de las ovejas. Las ovejas, asustadas, despertaban a una pesadilla que, en su mente poco inteligente de ovejas, rápidamente olvidaban, al encarrilarse en el rebaño y seguir de frente, siempre de frente, porque las piernas de las ovejas no sirven para andar hacia atrás. Y, altiva, orgullosa, casi humana, la perra siguió hacia la hacienda al lado de José. Era más temprano que de costumbre cuando las ovejas entraron, empujadas por ladridos que estallaban en el aire, por la cancela que servía de puerta. Era verano, era agosto, y al día, mayor, aún le quedaba mucho de la tarde. El aire era la claridad. José atravesó el patio, y no entró en casa más que su pensamiento: miró a la mujer y ella no le miró, quiso decirle algo que no dijo y que ella no oyó. Con la piel negra de la oveja a la espalda, con el saco sujeto por una cuerda al hombro, pasó ante la puerta cerrada del viejo Gabriel y siguió hacia el pueblo. Pensó en el bulto del viejo Gabriel y en el bulto de Moisés, ambos despedazados en una multitud indefinida de colores, una explosión de colores en la cara y en el cuerpo de Moisés; ambos ante él diciendo cosas que no podía entender, con oídos ciegos, con ojos mudos. Y pensó que le gustaría haber oído a Moisés y al viejo Gabriel. Y pensó que le gustaría que el mundo no fuera una caída: donde se baja cada vez más, cada vez más cerca del fondo, cada vez más lejos de la luz, irreversible. Siguió hacia el pueblo. No porque quisiera llegar. No porque quisiera, sino porque la tarde, porque el sol y la luz, porque una soledad tan grande.

Con una mirada erguida de la cabeza baja, la perra lo seguía. Una mirada grande como un cielo dulce y castaño, una mirada de hijo o de madre que era, con todo, una mirada de perra. Llegaron al pueblo. José pensaba. Mi mujer. El gigante. José pensaba mi mujer, el gigante, y todas las personas que lo vieron pasar no le dijeron buenas tardes, porque todas las personas reconocieron el luto y la condena, el sufrimiento. Entró en la plaza, y su sombra, pegada a la tierra, era firme, porque era una sombra que sabía dónde iba. De muchos lugares, llegaron perros que rodearon a la perra en un cortejo que era medio cortés y medio bestial. En línea recta, José se dirigió a la venta de judas y entró solo. En el mostrador, el demonio le miraba dentro de una sonrisa. Sin sonreír, José le miró y avanzó así. Sin dejar de mirarse uno a otro, viéndose realmente, con las miradas fijas, sujetando una barra de hierro que era la mirada, el demonio dijo dos vasos de tinto. Aparecieron los vasos llenos sobre el mármol. Bebe. Y José no se movió, absorto como estaba en los ojos de brasa del demonio. Mirando por encima del vaso, sonriendo al beber, el demonio meditó una pausa, y dijo tu mujer no es quien tú crees. José impasible en el temblor que lo consumía por dentro. Y el tentador, sonriendo, dijo si no me crees, vete ahora a la hacienda; la ventana de tu cuarto tiene las contraventanas abiertas, hay una rendija abierta en las cortinas, espía por ahí. José salió entre las mesas, los hombres dejaron caer los brazos y las miradas, el demonio sonrió mucho, el vaso casi rebosante de vino tinto permaneció solo en el mostrador, como un testigo de aquel instante, como un huérfano, como una vela encendida. José atravesó la plaza y la perra le miró llorándolo ya, y a pesar de sus intentos desesperados, no pudo seguirlo, pues estaba rodeada de muchos perros súbitamente desinteresados, y pegada a un perro con la lengua fuera.

En la carretera de la hacienda, las botas de José fueron más rápidas. Hacían el ruido grueso de palas al clavarse en un montón de arena y, tal era la velocidad con que patinaban, tras él, que lanzaban granos de arena a gran distancia. Visto desde el cielo, José era una pequeña cosa que avanzaba en un surco trazado en la llanura, un puntito con piernas y brazos que avanzaba en un surco que separaba dos llanuras o dos partes de color diferente de la misma llanura; visto desde el cielo, José era casi nada, y no pensaba no puede ser verdad, no puede ser verdad, ni andaba deprisa; y, visto desde el cielo, todo lo que pensaba, y que para él era mayor que el cielo, era menos que una pluma de golondrina entre las nubes, que el recuerdo de una gota de lluvia en un día de tempestad. Estaba casi llegando a la hacienda, cuando los carros de los hombres que trabajan en el campo pasaron junto a él. Uno tras otro, los hombres le miraron y ninguno le dijo buenas tardes, se miraron entre sí y ninguno dijo nada a la mirada de los otros, guardaron un silencio que era respeto. Y, solo bajo el sol, José llegó a la valla antes de la hacienda; y, por primera vez tras salir de la venta, José pensó en no avanzar. Se detuvo en la valla, buscó el sol y lo miró de frente. Un túnel de luz donde caminó, quieto en la carretera de la hacienda. Y, como una voz que hablaba dentro de un sueño, se acordó de lo de tu mujer no es quien tú crees. Se acordó del si no me crees, vete ahora a la hacienda; la ventana de la habitación tiene las contraventanas abiertas, hay una rendija abierta en las cortinas, espía por ahí. Se frotó los ojos para lavarse la luz de la vista y avanzó. El portón, noche y día, abierto. La casa de los ricos era la imagen doliente de una memoria o de una premonición herida o de la memoria de una premonición. Pasó la noria. Pasó el jardín por regar. La ventana de la habitación. A poco más de media docena de pasos, la ventana de la habitación. La madera vieja, pero arreglada; los vidrios viejos, pero limpios. El lugar de un agujero en la pared redondeada de cal, en la pared de crema blanca. Los pasos cuidadosos de José. Y el tiempo de los pasos era largo para envejecer muchas veces, pero los pasos, después de ser dados, en el recuerdo, eran breves y poco reales. Se inclinó, y las contraventanas estaban abiertas, y había una rendija por entre las cortinas. Y la mujer estaba debajo del gigante. José se sintió morir estando muerto, y se sintió morir y morir, y la mujer estaba debajo del gigante. El niño dormía en la cuna. Y había una noche muy oscura, que era una caja o un saco, donde estaba encerrado José, y donde le faltaba el aire, donde ya había muerto y sólo esperaba perder el último soplo frágil de voluntad. Miró al niño, su rostro sereno, sus ojos, sus manitas levantadas y erguidas junto a la cabeza, su sueño. Miró a la mujer, y la mujer le miraba ahora de frente. Por primera vez desde hacía mucho tiempo, tumbada bajo el gigante, la mujer le miraba de frente. Y su mirada era de pena sincera, de sufrimiento. Y era la mirada de José. Luto. Negro. Morir. Se miraron y entonces se conocieron. Y, dentro de la habitación, debajo del gigante, la mujer vio a José alejarse y sintió su falta infinita, su nostalgia para siempre en un momento. Y José, alejándose, supo que la mujer no tenía culpa, y supo, ese día, que le quería mujo.

Bajo el cielo, caminó hasta el corral. Las ovejas lo presintieron desinteresadas. Tras los comederos, José se quitó el saco del hombro y ató la cuerda en uno de los clavos de los troncos de pino que sujetaban el tejado, se quitó la piel negra de cordero y la colgó en otro clavo próximo. Tiró algunas brazadas de heno en los comederos. Cambió el agua. Cogió la soga que estaba colgada en una cancela, se la pasó por el brazo derecho, la aseguró al hombro y tomó la carretera hacia el cerro de la horca.

Tu mirada quedará en mi mirada cuando muera y, muerto, contemple las llanuras que serán tu mirada anocheciendo lentamente. Tu mirada quedará en mis manos olvidadas y nadie se acordará de buscarla allí. Pienso: nunca nadie se acuerda de buscar las cosas donde están, porque nunca nadie sabe lo que piensa el humo, o las nubes, o una mirada. Y tú. Continuarás perdiendo el silencio durante manos y manos, tu silencio se enterrará dentro de mi pecho. Mujer tantas veces. Mujer repetida en la respiración de un lugar pasado o muerto. Tiempo y vida. Mujer, no sé qué fuimos. Sé que, hoy, te poseo. Hoy te conozco. Son míos tu mirada y tu silencio. Y de nada me sirve ya, porque avanzo hacia donde los hombres dejan de ser hombres. Hago el camino solitario por entre las ruinas de la vida. El camino donde todo es muy poco, y cada una de esas cosas pequeñas es demasiado. A mi lado, los destrozos de tardes entre las ovejas y pensamientos que no recuerdo. A mi lado, fragmentos de ti, de mi hijo, de mi padre, de mi madre, de mi hermana. Tú, tendiendo la ropa, en boca del demonio y de las personas, aborto, se hizo un aborto, niñita, tumbada bajo el gigante, dando de comer a nuestro hijo, niñita niñita, tu piel, aquel atardecer en que hicimos el amor. Mi hijo, después de nacer, su mirada seria de niño, la primera vez en mis brazos, dentro de mi corazón, un calor, descansando en la cuna. Mi padre, amigo, enseñándome todas las habilidades, pegándome con el cinturón, llorando, subiéndose los pantalones, mirándome y hablándome, sentado delante del gallinero de mi hermana, entrando en la venta de judas, paseando en la feria de ganado. Mi madre, mandándome a hacer recados al pueblo, dándome besos, muriendo en la cama, viva, muerta, en el ataúd, contándome cuentos en el patio. Mi hermana, ayudando a mi madre, queriendo casarse, jugando sola a papás y hijos, mi madre rodeándola y colocándole alfileres en el vestido, la esperanza en sus ojos, hablando tantas palabras, encargándose de mi padre, el herrero casándose borracho con ella, llorando, encargándose del bebé con un amor desmañado. Avanzo solo y os tengo a todos aquí. Os llevaré siempre conmigo. Miro de frente al último rayo de sol antes de que el sol desaparezca. Pienso: un hombre es un día, un hombre es el sol durante un día. Y es preciso continuar. Avanzan mis pies sobre la tierra. Hijo, aún duermes, y quise mostrarte la puesta de sol. Quise mostrarte la tierra, enseñarte el color de la tierra por dentro, porque quien conoce el color de la tierra por dentro conoce el mundo y a los hombres. Hijo, el sol ha desaparecido ahora y ha dejado un aura roja de sangre en torno al cerro en el que ha entrado, y quise enseñarte que mañana hará calor. Quise enseñarte que, si no ves las estrellas de noche, espera lluvia al día siguiente. Y saber esto es saber todo. Son éstas las pocas cosas que nos dan sabiduría. El resto, hijo, son misterios sin explicaciones. El resto son puñales que apuntan dentro de la niebla. El resto son puñales que vemos aproximarse a nuestro pecho, y estamos atados, hijo. Aún duermes. Tu madre me tiene en la mirada. Tengo la mirada de ella. Mujer, tú que me sigues y me ves, sabe que te aprecio. Y decirte esto es decirte muchas cosas que no entiendo, es decirte un cielo rojo en torno al cerro de mi corazón, es decirte lo que siento, sin que se pueda decir lo que se siente. Y esto que está dentro de mí quedará cristalizado en el rostro en que me convertiré. Y no serás un resentimiento, serás la mocita joven que espié tendiendo la ropa. Serás lo que escribí en los cuadernos de mi deseo por ti. Los cuadernos que decoré porque sus páginas eran mi piel. Sábado, seis de la tarde, regó el jardín, pasó la mano por una rosa, sonrió sola. Viernes, cinco y media de la tarde, salió de la casa de los ricos, miraba al suelo. Jueves, cinco de la tarde, la veo en la puerta, la piel serena de la cara, los ojos como el cielo. Y, donde esté, no podré tocarte, como nunca pude. Y esa angustia será mayor, porque nunca más podré verte, nunca más podré oír tu silencio y toda la esperanza que un día tuve será nula. Muerto, asistiré al negro absoluto que ningún hombre puede soportar en vida. Ninguna luz, ninguna luz. Nunca ningún hombre soportó la oscuridad sin ninguna luz. Y para esto tengo que caminar. Y pocos metros me separan de la lejanía inmensa de ese lugar. Sufrir será la continuación de sufrir. La voluntad que nunca tuve, no la tendré. Y mis pasos ya no son míos, nunca lo fueron. Todo es último. Los campos resistirán un día más, y mañana no existe. El cielo rojo será para siempre rojo, y el otro cielo que conocí será siempre un recuerdo de lo que conocí un día. Adiós mujer. Adiós hijo. Adiós padre. Adiós madre. Adiós hermana. Vuestros rostros están ante mí. Lo estarán para siempre. Pienso: siempre y nunca más son el mismo lugar. Mujer, hijo, padre, madre, hermana, no lloréis por mí. Aún hay trigales para los niños. Aún hay niños. Guardad las lágrimas para un día más señalado. Guardad las lágrimas para el día en que mueran los trigales en los ojos de los niños. Para el día en que mueran los niños. Hoy, muero yo. Y que yo muera no es nada en el orden implacable del mundo.

José se acercó a la encina torcida que era la única en la cima del cerro. Era una encina cuyo tronco tenía varias curvas abruptas. José hizo un nudo paciente en la cuerda. Pasó la soga por una horquilla fuerte y la sujetó allí. Subió a uno de los escalones del tronco. Enfiló la argolla de la cuerda por la cabeza y la apretó en el cuello. No miró al mundo por última vez. Dio un salto breve al frente. El cuello estalló en un ruido de huesos que se separaban. Se balanceó por momentos, hasta quedar derecho e inmóvil, como inmóvil fue la brisa sobre la tierra. Un gorrión que andaba por allí le miró y vio sus ojos vacíos de esperanza, las manos vacías, y se alzó en el cielo volando. José empequeñeció, empequeñeció, y cuando el gorrión le miró desde allá arriba, José era apenas una horquilla caída de una encina torcida contra el horizonte rojo de sangre.

LIBRO II

ANEXO II

La tierra era su silencio que ardía. El sol era el calor de un fuego que iluminaba el aire, aire del color de las llamas: el aura de un fuego que era el aura de la tierra, que era la luz y el sol. Dispuestas sobre la piel de la llanura, pequeñas piedras y guijarros inmateriales eran brasas encerradas en la mano. José y las ovejas, la perra, los alcornoques y el alcornoque grande eran figuras delineadas en la extenuación de una asfixia, congeladas en la combustión de un instante que era mucho tiempo y que no era más que un instante. Y el viento sur avanzaba sobre un trigal y, a su paso las espigas de trigo se desgranaban, súbitamente secas, súbitamente viejas, porque aquella brisa lenta era un infierno espeso que era toda la atmósfera y que todas las cosas que respiran eran obligadas a respirar, porque aquella brisa sólida y tórrida era lo único que las envolvía. Y el viento sur era el horizonte que avanzaba lento e inevitable. Inevitable. Pasó junto a la última espiga del fondo del trigal, la secó más, y pasó junto a un montón de cardos que se enroscaban debajo y dentro de su calor. Al fondo, se distinguía José en la sombra del alcornoque grande, y se distinguían las ovejas, a la sombra, encogidas en montones de muchos cuerpos encogidos. El viento sur avanzaba dentro de la luz y sobre la tierra. José y las ovejas se aproximaban más y más. Lentamente, más y más. Y el viento sur pasó junto a José y junto a las ovejas y junto al alcornoque grande y junto a los otros alcornoques. Dentro del viento sur, permanecieron las miradas, la piel tostada, la sangre hirviente.

Conozco esa quietud. Conozco esa tarde. Las ovejas bajo los alcornoques, como muertas. La perra tumbada a mi lado. La hierba que se curva con una débil brisa. El cielo contra la tierra, la tierra que refleja el vagar del cielo, y el cielo que refleja el vagar de la tierra. Conozco esta tarde, porque la he vivido muchas veces, porque muchas veces he escuchado esta quietud y esta certeza serena. Pienso: tal vez haya una luz dentro de los hombres, tal vez una claridad, tal vez los hombres no estén hechos de oscuridad, tal vez las certezas sean una brisa dentro de los hombres y tal vez los hombres sean las certezas que poseen.

Un ardor en el lugar del corazón me asegura que viene. Camina en esta dirección. Siento en mi cuerpo su cuerpo que camina, sus pasos, ni lentos, ni rápidos. Siento en mi cuerpo sus ideas simples y sus intenciones sinceras. Siento en mi rostro su expresión de hombre y niño, de niño convertido en hombre por leyes imperativas. Ahí viene. Y, cuando la tarde sea más apacible y el calor empiece a aplacarse, llegará. Procedente de la dirección de la hacienda, llegará y, al verme, empezará a correr, como corre un niño que tiene miedo hacia los brazos de su madre. Y, como si nos abrazáramos, me mirará con ojos siempre sinceros. Creerá en mí. Y se marchará con la tranquilidad de los simples. Yo, con la tarde moribunda en una nitidez clara y casi nocturna, seré el tormento que soy, seré el desaliño de mis dolores y esperanzas. Y, aquí, bajo este cielo que me roza con su incendio, ahora, sé que será así. Me lo asegura un ardor en el lugar del corazón.

José era el hijo de José. Tenía el mismo nombre que su padre, y de él sabía las pocas respuestas que le habían dado a las pocas preguntas que había hecho, sabía que era igual que él, porque era lo que el viejo Gabriel le decía siempre desde niño. Eres igualito a tu padre. Nunca nadie tuvo el coraje de contarle a José cómo había muerto su padre, pero José había aprendido con el luto sombrío de su madre que ése no era un tema del que se hablara. José había oído poco acerca de su padre, pero lo había adivinado todo. En tardes como aquella en que esperaba a Salomón y guardaba las ovejas, José adivinaba que era hijo de un gran amor triste. Adivinaba el rostro de su padre al ver su propio rostro reflejado en la alberca de la hacienda. Eres igualito a tu padre, le decía el viejo Gabriel, cuando jugaba con la tierra en el patio, cuando volvía del campo al caer la tarde, cuando visitó por primera vez a la prostituta ciega. Y José sabía que era verdad, porque adivinaba una fuerza dentro de su fuerza, porque adivinaba gestos idénticos dentro de cada uno de sus gestos.

Y José, hijo de José, esperaba a Salomón. El alcornoque grande quería envolverlo con sus hojas menudas, como hacía treinta años había querido envolver a su padre; la tierra ardía ante él, como hacía treinta años había ardido ante su padre; las ovejas vagas y tristes le miraban de refilón, como hacía treinta años habían mirado a su padre, pero esto José no lo sabía ni siquiera lo pensaba. Sostenía el cayado con la mano izquierda y, para sí, repetía su certeza. Ahí viene. La perra, el alcornoque grande y las ovejas sabían mucho de aquella tarde, al punto de recordarla antes de que ocurriera. Sabían exactamente cuál sería el momento en que Salomón surgiría en el horizonte. Muy vieja, tumbada, como si estuviera durmiendo, la perra recordaba la noche en que, treinta años antes, había visto a su dueño colgado de la encina torcida del cerro de la horca; y recordaba haber vuelto al pueblo y haber reunido a todos los perros en la plaza; recordaba haber esperado, pacientemente, haber esperado y, en el momento en que el bulto del gigante abandonó la venta de judas, recordaba haberlo seguido por calles oscuras, mal iluminadas por una noche estrellada. Allí, bajo la oscuridad de sus párpados, recordaba aquella noche de hace treinta años, recordaba su cuerpo y el cuerpo de los otros perros saltando sobre el gigante y derrumbándolo, recordaba el ruido envolvente de todos los perros gruñendo, recordaba la sensación de sus dientes al rasgar una oreja, sus dientes al arrancar un ojo, sus dientes al abrir un agujero en el cuello, al desgarrar una esquina de la boca. Recordaba el cuerpo del gigante completamente despedazado en el suelo, el sabor caliente de la sangre, recordaba el camino solitario hasta el "monte de los olivos", y la noche; recordaba haber quedado tumbada a la puerta de la casa de José; recordaba haber oído llorar al niño de vez en cuando. Muy vieja, la perra esperaba a Salomón, como hacía treinta años había esperado al gigante.

La perra tenía la cabeza sobre las patas delanteras y la levantó. El calor se mezclaba progresivamente con el fresco de la tierra. El sol no teñía ya de amarillo el cielo. La luz era ahora etérea. Un silencio mundial despuntaba por el horizonte. Había llegado el momento. La mirada de José se hizo nítida y se detuvo en dirección a la hacienda.

Mis pasos se acercaban a la venta de judas, y la agitación de los hombres que jugaban bebían y hablaban, formaba un ovillo de voces que rodaba lentamente por la plaza, como si fuera arrastrado por la brisa lenta. Entré y, antes de llegar al mostrador, dije buenas noches. Sí, dije buenas noches. Los hombres, de aquí y de allá, las mismas caras, respondieron buenas noches, Salomón. Recuerdo bien ese rebotar de buenas noches, pues fue la primera vez que me fijé en él. A veces me sucede que me fijo en algo que siempre ha estado ahí, y esa vez se convierte para mí en la primera vez, y siempre la recuerdo si alguna vez la recuerdo más tarde. Y así sucedió con aquel disparo aleatorio de voces, ora finas, ora graves, ora animadas, ora aburridas, ora breves, ora demoradas. Me acerqué al mostrador. Un vaso de tinto. Junto a mí, cuatro hombres rodeaban un plato esmaltado con una loncha muy estrecha de tocino frito, bebían vino y, cada vez que uno de ellos estiraba la punta gastada de la navaja y cortaba un trocito, fino como una hoja de papel, lo hacía con gran ceremonia y los otros se paraban alegres a mirarlo. El hijo de judas, con las mangas remangadas, iba de un lado a otro, recogiendo vasos y participando en todas las conversaciones. Cruzamos las miradas. Un vaso de tinto. Dejé el vaso vacío en el mostrador. Y, en aquel momento aislado, se hizo un silencio de temor. Los hombres que hablaban, se callaron. Los hombres que picaban se alejaron. Detrás de mí, estaba el demonio. Sentí a mi espalda su calor, su sonrisa. Dos vasos de tinto dijo, sonriente. Llenos, llenos, los vasos aparecieron frente a nosotros. Levantó el suyo y lo bebió, mirándome y sonriéndome con los ojos. Mi vaso permaneció intacto, brillante. Los hombres me miraban. Mirándome, mirándome, sonriente, preguntó ¿dónde está tu mujer que no la he visto? Di tres pasos a lo largo del mostrador. Me acompañó. El silencio era la asfixia antes de morir, antes de morir con la garganta tapada, queriendo respirar, queriendo coger aire con los brazos, metiendo trozos de aire en la boca, metiendo los dedos en la garganta, y la garganta tapada, antes de morir. Sabes, dijo el tentador sonriente, me ha dicho tu primo José que sabe mejor que tú dónde está ella, ahora y siempre. Retrocedí dos pasos. Los hombres me miraban asombrados y mudos. El diablo me miraba, sonriente, sonriente. Con una sonrisa abierta, del tamaño completo de la venta, dijo tu primo José me ha contado que tiene más influencia sobre ella que tú. ¿Es cierto, Salomón? Los hombres me miraban. El demonio me miraba. Mis piernas eran un montón de arena suelta, que sostenían una casa de ladrillo, bajo un vendaval. ¿Es cierto, Salomón? Salí huyendo por la plaza. La sonrisa del demonio en la puerta de la venta. La noche oscura. Las calles vacías. Entré en casa, entré en la habitación. Me desnudé, me tumbé junto a mi mujer, temblando.

Salomón caminaba por el camino que iba de la hacienda a la majada donde José guardaba las ovejas. Tras él, la carretera del pueblo a la hacienda, el cansancio, el sol. Con él, la memoria de la noche anterior, el miedo, el cansancio, el sol. Salomón caminaba y, en su rostro, se contraía otro rostro; en su miedo, otro terror; en él, otro. Tenía una pena. Caminaba y el silencio se hacía denso en un silencio cada vez más acuciante, un silencio que le repetía palabras, que le repetía palabras, palabras, palabras. La noche anterior. Las palabras de la noche anterior. Palabras. La noche, la noche anterior. Palabras. Palabras. Palabras. Todo se ofuscaba en un vértigo que era una confusión en su cabeza. Todo se mezclaba y se enfrentaba en una tempestad que se reflejaba y se transfigura-ba. Salomón caminaba y no entendía. Se apresuraba. Se detenía. Se apresuraba. Y todas las voces en su cabeza. La noche anterior. Palabras palabras palabras.

Salomón era hijo de la hermana del padre de José, era su primo. Salomón era más viejo que José, pero siempre había parecido lo contrario. Siempre había sido José quien lideraba los juegos, quien decidía lo que tenían que hacer, quien decidía dónde tenían que ir. De pequeños, se juntaban para jugar. José quería subirse a los árboles, Salomón tenía miedo; José quería jugar al escondite, Salomón tenía miedo de quedarse solo; José quería jugar a pillarse, Salomón nunca le pillaba. Cuando Salomón hablaba de José, le llamaba mi primo; cuando José hablaba de Salomón, le llamaba Salomón.

Después de la hacienda, cuando vio el último cerro y supo que José y las ovejas estaban al otro lado, apresuró el paso, corrió desmañado, como un cojo, como un niño cojo.

Pienso: tal vez el cielo sea un gran mar de agua dulce y tal vez la gente no ande bajo el cielo sino sobre él; tal vez la gente vea las cosas al revés y la tierra sea como un cielo y cuando la gente muere, cuando las personas mueren, tal vez se caigan y se hundan en el cielo.

Se detuvo el crepúsculo. Se suspendió lo que todavía era la tarde o un cántico sereno. La claridad permaneció en su tono más luminiscente. El canto de los pájaros permaneció en un silencio que era una melodía cruel. La brisa se detuvo en una frescura. Salomón surgió al poco tiempo en el cerro, como si subiera una escalera: la cabeza, el pecho, la cintura, las piernas. José le miraba. Cuando, finalmente, apareció entero, empezó a correr con zancadas poco ligeras, sin tropezar, pero como si tropezara, como si fuera muy gordo. Al acercarse a José, frenó y ambos pudieron distinguir sus caras. Salomón dijo, ¿es cierto, José? Pasó un momento, y José no le miró. Como si hubiera una razón para hacerlo, Salomón descansó su rostro y contó lo que había pasado la noche anterior. Las palabras. José escuchó. Al final, la noche estaba todavía al otro lado de aquella claridad esplendorosa, Salomón preguntó, ¿no es cierto, verdad? Sé que no. Salomón le miró y aquello fue un abrazo de hombres. Se alejó. Desapareció en el cerro que quedaba en dirección a la hacienda. José miraba al cielo. El canto de los pájaros recuperó su misteriosa simetría. La brisa recuperó su cuerpo seco e hirviente. La tarde resistió el tiempo de ser atravesada por una golondrina. Anocheció.

Las ventanas abiertas dejaban entrar la mañana por toda la cocina. La mujer de Salomón daba vueltas a la mesa y corría hacia el patio, para comprobar qué estaba haciendo su madre, y se acercaba al fogón, removía la sopa. Salomón se despertó ya tarde. Antes de salir, no bebió el café porque no había café para beber. Dijo hasta luego, y su mujer, despierta desde los primeros sonidos de la mañana, había bañado ya a su madre, fregado el suelo, lavado una cesta de ropa y empezado con la sopa. Sin pensar en José, Salomón corrió por las calles, como si las botas fueran muy pesadas o muy grandes. Al entrar en la serrería, se quitó instintivamente la boina y se paró. El maestro Rafael le miró. Indiferente, se quitó el lápiz de la oreja y trazó dos rayas en un listón de madera. Sin más palabras, dijo trae el formón y ayúdame aquí. Salomón volvió a calarse la boina y se apresuró.

Con dos hombres trabajando y un aprendiz, la serrería no era muy grande. Tenía un pequeño patio, repleto de troncos apilados y con el suelo cubierto de cortezas de pino. Las mañanas eran especialmente bonitas en el patio de la serrería. El sol se escurría licuado, nunca abrasador, suave; pasaba por las hierbas que crecían entre las cortezas de pino y eso era un consuelo. Las tardes eran difíciles. El mismo sol, diferente, se concentraba en las cortezas y en el pecho descubierto de los hombres que serraban los troncos. El sudor hervía sobre la piel. En el interior de la carpintería, había dos bancos de carpintero y una mesa en el centro. El banco del maestro Rafael estaba ordenado y limpio; las herramientas estaban en la caja de herramientas, cada una en su sitio y todo estaba como es debido. El banco de Salomón estaba desordenado y lleno de serrín y virutas; las herramientas estaban en el último sitio que las había dejado, y todo estaba descuidado. La mesa del centro, llena de escapadas de los serruchos, agujeros involuntarios de brocas, agujeros de clavos y martillazos poco certeros, era común a los dos y la usaban para colocar las piezas mayores. En un rincón, junto al cántaro que tenía dibujadas las rayas blancas de la caliza que le resbalaban por el gollete, había dos estantes cargados de cajas de clavos; y, a pesar de no llevar nada escrito, el maestro Rafael me decía dame dos saetines, o dame tres tachuelas, o dame tres escarpias del seis, y Salomón sabía exactamente cuáles eran, se los daba, y eso era natural. Esa mañana, ni silbidos, ni conversaciones. Trabajaron en silencio.

Faltaba poco para la hora de la comida, cuando el maestro Rafael dijo al aprendiz puedes ir a comer. Dando un paso con la muleta y otro con la pierna, se acercó a Salomón. El maestro Rafael había heredado la serrería de su padre, aprendió con él los modales rígidos y la sinceridad en los sentimientos. Con él, aprendió todo lo que sabía de maderas y de todo lo demás. Vivía en la casa pequeña que fue de su padre. Y todos los trabajos, los sábados y domingos pasados en la serrería, apenas si le llegaban para mantenerse y para ir a casa de la prostituta ciega, semana sí, semana no. Había uno o dos carpinteros más en el pueblo, pero ninguno sabía tanto de su arte como el maestro Rafael. Lo había aprendido todo con su padre. Nació el día en que murió su madre y, aunque no lo supiera, su padre le miró y, con los ojos inundados, le dijo tienes que ser un hombre. El maestro Rafael tenía la pierna derecha cortada por la línea de la ingle, el brazo derecho era apenas un pequeño muñón en el que encajaba el extremo de la muleta, le faltaba la oreja derecha y era ciego del ojo derecho. Era un hombre. A los diez años, ayudaba a su padre en la serrería como una persona adulta. El padre se enorgullecía. Sonreía. El padre murió el día en que lo vio hecho hombre. Y, aquella mañana, avanzando entre las virutas, se acercó a Salomón. Dijo ¿qué te pasa? Salomón no respondió inmediatamente, le miró con afecto y dijo todo está resuelto.

Las ventanas abiertas dejan entrar la mañana por toda la cocina. He retirado la sopa del fogón, que ya es hora, y ahora me apetece descansar. Salomón entrará por aquella puerta. Quizás me mire. No me dirá nada, porque nunca hablamos y hoy es demasiado tarde. Desmigará trozos de corteza en el plato, los cubrirá con sopa y comerá, en silencio, mirando a la mesa. En ese momento, iré al patio. Llevaré a mi madre a un rincón, le pondré una servilleta en el pecho y le daré cucharadas de sopa a la mirada de mirada de muñeca; con el borde de la cuchara, recogeré el caldo que le resbalará por la barbilla, mezclado con saliva, y se lo meteré en la boca en una cucharada llena. Mi madre tragará la sopa sin que le aproveche, porque nunca dejará de murmurar las palabras que repite hace treinta años. Y las palabras harán bolitas de sopa en las esquinas de la boca, y a veces se atragantará.

Me acerco a la puerta del patio y la veo. Está en un corro con sus juguetes: sus cacitos, sus pucheritos, sus platitos. Recuerdo cuándo se los compré. Nada más casarme, ahorré aquí y allá durante seis meses. Le compré el pequeño estuche de cocina, y ella, acostumbrada a trabajar con palos y alambres, fue cogiendo las piezas una por una, y pasó toda la tarde admirándolas. Salomón no se dio cuenta del cambio. Y yo no le dije nada. La veo. La sombra se ha acortado y está al sol. Se queda donde yo la dejo. Llena los pucheritos de tierra, de piedritas y de pequeñas hierbas, y esculpe formas prodigiosas. La he visto hacer la casa de los ricos del "monte de los olivos", la he visto hacer el exterior y el interior de la capilla, la he visto hacer el cementerio entero. Pero, más que cualquier otra cosa, hace muchos años que la veo hacer, una y otra vez, la cara de un hombre, muchas veces la cara de un hombre o muchos hombres con la misma cara. Y repite su historia. Hace treinta años que repite su historia, la misma historia. Siempre. Una tonada interminable que empieza donde acaba, que empieza en cada palabra, que no acaba. Como una oración, constante, con palabras monótonas, como un zumbido, como un insecto volando, como una mosca continua, como dentro de un mosquito. Todo el día. Durante toda la noche. Antes de dormir, siempre la oigo, modelando las mismas palabras, la misma tonada, la misma historia: no con la voz, sino con la respiración. Durante treinta años. Madre, madre. Su rostro, lejos, aquí. La sombra se ha acortado, y estás al sol.

Cuando Salomón salió de la carpintería, sintió, al de poco tiempo, que el olor intenso de la madera era sustituido por los olores de la calle, por el sol. En las puertas, aparecían mujeres que vaciaban baldes de agua y lo saludaban. Salomón pensaba en José y se acordaba de cuando iba a verlo al "monte de los olivos" y pasaban mucho tiempo corriendo por el campo y jugando. La primera vez que vio a su primo fue en el entierro del abuelo. Tenía unos seis años. Sin soltarlo del brazo, su madre le presentó a José. Quiso obligarlos a darse un beso, pero José retiró la cara. Del entierro del abuelo, de todo el funeral, el mayor recuerdo que le quedó fue la cara de aquel chaval que era su primo. Y, sin embargo, se acordaba bien de todo el resto, de las mujeres poco llorosas, que le hacían carantoñas en el pelo y en la cara y en el cuello, y le decían ¿éste es el nieto?, ¿éste es el nieto?; de su madre, ennegrecida por el luto, llorando de vez en cuando, y luego un grupo de mujeres que la ahogaba, y la sensación prohibida de que su madre no lloraba la pérdida del padre, sino sus penas, sus propias penas. Y se acordaba de dos viejos en la puerta de la casa, profundos, con la boina en la mano, y recordaba a las mujeres que decían ya no era vida, y que susurraban y aún así se fue después del hijo. Se acordaba, en los momentos en que conseguía quedarse solo en su silla quieta, de pensar en su abuelo. Ante su cuerpo tendido y por tanto muerto, pensaba en el rostro inmóvil de su abuelo. Ante su cuerpo tendido y por tanto muerto, pensaba en el rostro inmóvil de su abuelo, en la mirada inmóvil, delante del gallinero; y Salomón comprendía lo que era aquel silencio en todo el cuerpo, aprendió a comprenderlo durante todas las mañanas de sus seis años. Y Salomón pensaba en la luz que se instalaba en la piel del abuelo los días en que jugaba con él, alrededor de él, como si él fuera un muñeco o un árbol. Y pensaba en la víspera de ese día, se acordaba de haber regresado de los juegos en el patio e, ignorante de todo lo iba a provocar, ni asustado, ni grave, haber dicho el abuelo ha dejado de respirar. Y, con seis años, Salomón no se daba cuenta de la diferencia entre que el abuelo respirara o no. Ante su cuerpo, en su velatorio, Salomón pensaba que su madre lo había tumbado en la cama, como hacía todas las noches, y no entendía por qué venían personas a verlo, y decían pobrecito, y susurraban fue una caridad. De todo se acordaba, pero recordaba con una nitidez absoluta, perfecta, nítida, la mirada crecida de aquel niño que era su primo. Éste es tu primo, decía su madre y, allí atrás, los hombres echaban paladas de tierra sobre el abuelo. La gente se apretujaba en el gran pasillo que llevaba a la salida, al portón alto y pesado y negro, el portón que llegaba al cielo. Dijo éste es tu primo, y no dio los buenos días a la madre de José, no le miró, a propósito. La madre de José era un lugar negro, de negro, era el lugar vacío de un gesto en las manos, de una expresión en los labios, de una mirada en los ojos. La madre de José era una niebla muy honda, muy fría y muy espesa; era una mujer muerta, un respirar de muerto, piel de muerto, sin rostro, sin mirada, con noche en la mirada. Y, esa mañana, las mujeres que se ignoraban mutuamente, y los niños, que no tenían nada que decirse, caminaron los cuatro, en silencio, despacio, hasta la tumba de José. Su mujer permaneció encorvada, abstracta; el hijo bajó la mirada y juntó las manos bajo la tripa; la hermana sacó un pañuelo del bolsillo y lo pasó por las letras del nombre; Salomón les miró. Y cuando su madre le tiró del brazo, cuando llegaron al portón del cementerio, José y su madre estaban todavía parados junto a la tumba. Salomón se levantó súbitamente de la profundidad de esas memorias. De repente, sintió todo el sol y todo el calor como un alivio. Estaba ya cerca de casa. Se acordó una vez más de José. Y continuó, descansado, satisfecho, niño.

La mujer de Salomón había llevado a su madre hacia la sombra. Y, mientras la cocinera viuda reorganizaba sus guisados dementes de tierra y piedras y hierbas y palos, su hija se detuvo a mirarle. Estaba muy vieja. Tenía la piel de la cara manchada con una masa espesa de arrugas; no tenía dientes, pero, como repetía permanentemente sus conversaciones, las encías le habían hecho cortes en la lengua; tenía las manos descarnadas; y los senos, su hija lo sabía porque era ella quien la bañaba, eran dos sacos de piel largos y vacíos. Estaba muy vieja. Cuando el sol comenzaba a ponerse, decía el viejo Gabriel que la cocinera debía tener ya más de cien años. En su opinión, era la persona más vieja del pueblo después de él. El viejo Gabriel era la única persona que la visitaba. Y, a pesar de tener, por lo menos, más de ciento treinta o ciento cincuenta años, el viejo Gabriel llegaba un poco antes de caer la tarde. Como si no sintiera el camino distante de la hacienda al pueblo, llegaba descansado, con un manojo de hojas de berza o de espinacas, todavía fresco, bajo el brazo. La mujer de Salomón le ponía un banquito, una banqueta de la cocina, en el patio, y él se sentaba a oír y a ver a la cocinera viuda. No le decía nada, pues sabía que ella estaba encerrada dentro de un tiempo pasado, y porque no tenía realmente nada que decirle. Hacia la hora de la puesta de sol, la mujer de Salomón entraba en el patio, equilibrando con ambas manos un vaso de agua. El viejo Gabriel lo bebía, ávido, durante un largo momento durante el que sólo sucedía eso. Al devolver el vaso, decía cualquier cosa; normalmente, decía tu madre debe tener ya más de cien años; después de mí, es la persona más vieja del pueblo. La mujer de Salomón se dirigía hacia el interior de la casa, él la seguía. Atravesaban la cocina y ella abría la puerta de la calle. Antes de moverse, el viejo Gabriel decía hasta mañana y, por la calle desierta, seguía solo. Decía hasta mañana, porque se veían todos los días. Cada dos días, ella iba a la hacienda a lavar y a limpiar la casa de los ricos; los demás días, venía él al pueblo a visitar a la cocinera viuda. Levantando la mirada y posándola, como una hoja muerta, en la tierra, la mujer de Salomón recordó que también esa tarde iría a cansarse hasta la hacienda. Entró en la cocina, preparó el plato, la cuchara y el pan. Esperó un momento que ya conocía. Y, sin asustarse, sintió a Salomón sacudir el pestillo de la puerta.

No me acuerdo con seguridad de los otros pensamientos que tuve, pero la verdad es que, en cuanto me desperté, aún no me había levantado y las sábanas estaban tibias, la primera cosa en la que pensé fue en su rostro. Tiene en la mirada, al mismo tiempo, el cansancio macerado de Elías y el vigor ingenuo de Moisés, el silencio de Elías y la voz de Moisés. Me di cuenta de eso ayer, cuando ella se acercó a mí, trayéndome un vaso de agua y una mirada que sonreía y que era triste. Cuando le conseguí trabajo en la casa de los ricos, me miró de esa misma manera. Aquel día, los hijos del doctor mateus aparecieron aquí por sorpresa y no reconocí a los niños en aquellos hombres encorbatados, que hablaban bien y miraban desconfiados. Les pregunté por el doctor mateus, y había muerto; les pregunté por la señora, y había muerto. Decían que venían a conocer la hacienda. Me sorprendí de que no la conocieran ya, pues habían nacido aquí, pero me callé porque sé del breve tamaño de la memoria de los hombres. Quisieron ver el jardincito, pues, según ellos, la señora había pasado sus últimos años de senilidad hablando de él; quisieron ver el rebaño de ovejas; desinteresados, vieron también la huerta y, antes de irse al campo a conocer los trigales, quisieron entrar en la casa que llamaban suya. La madre de José estaba encerrada allí dentro. Llamé a la puerta principal. Llamé con los puños. Llamé con las palmas de la mano. Los hijos del doctor mateus me miraron. Les dije, debe estar a punto de llegar. Y di una vuelta a la casa, llamando en todas las ventanas y en todas las puertas. Y di otra vuelta a la casa. Esperamos. Oímos acercarse unos pasos muy tenues. Y ella abrió la puerta. Su mirada era la de un cadáver. La piel era blanca, blanca sobresaliendo del negro profundo de su luto. Su mirada era de una oscuridad intensa. Tenía el cabello despeinado y ceniciento. Entramos, y todas las ventanas estaban cerradas. Respirábamos un aire cautivo, un aire que estaba allí hacía mucho tiempo, que me hacía recordar la presencia del doctor mateus y de la señora. Había polvo sobre los armarios y las mesas y todos los muebles, y el polvo era como una segunda piel de los objetos. Telas de araña, gruesas como tapetes de ganchillo, se precipitan suspendidas en los rincones de las paredes y atravesaban los pasillos. Las tablas del suelo suspiraban o gemían a nuestro paso. Los hijos del doctor mateus se miraban aterrorizados, sin decir, no obstante, nada. Y, a medida que avanzábamos por la casa, empezábamos a sentir un olor cada vez más profundo a podredumbre. Era como el olor de un animal muerto descomponiéndose, y caminábamos hacia él. Las grietas de las paredes trazaban finos rayos delante de nosotros; y cuando entramos en el corredor principal, nos dimos cuenta de que todo el olor venía de allí. Ante la voz que está encerrada en un baúl, había un banquito; y alrededor, por todo el corredor, había altos montones de excrementos, algunos secos, algunos frescos; y el olor a orina y a heces era sólido y nauseabundo. A excepción del más joven, los hijos del doctor mateus llevaban pañuelos que les tapaban la boca. Y fue el más joven el que no consiguió reprimir un arranque, y vomitó un chorro aguado sobre el corredor principal. Salieron corriendo, y cuando los encontré en la calle, todavía recuperando el aliento, uno de ellos me dijo queremos que busque a otra persona para que se encargue de la casa. Queremos que la casa se mantenga como cuando nuestros padres estaban vivos. Ese día, hablé con ella. Aún no estaba casada con Salomón y empezó a trabajar al día siguiente. Viene cada dos días. Pronto, por la tarde, después de comer, aparecerá en la entrada de la hacienda, me dirá un buenas tardes apagado y seguirá. Hoy me he despertado y he pensado en su rostro.

Había cumplido diecisiete años una semana antes cuando hice por primera vez este camino. Ese mismo día, me fijé en este olivo que ahora observo. No es un olivo especial o diferente de los demás, pero ese día todo era especial y diferente. Me fijé en este olivo. Hoy, reparo en él porque me recuerda ese día. La víspera, el viejo Gabriel me había dicho que había trabajo para mí en la hacienda, y esa noche dormí descansada. Él me dijo que fuera solo por la tarde y, como hoy, también ese día había este sol ardiente pegado a la piel. En mi cumpleaños, la mujer de santiago me había dado tres faldas que ya no le servían y un pañuelo que ya no le gustaba. Saqué el pañuelo de la maleta, lo planché y me lo até a la cabeza. Lo estrené entonces: olía a nuevo y era suave: lo estrené; y todavía hoy lo llevo: descolorido, pardo, áspero. La distancia me pareció más corta que lo que me parece hoy y, cuando llegué al "monte de los olivos", el viejo Gabriel dejó lo que estaba haciendo y fue conmigo. Nos dirigimos a la casa de los ricos y, cuanto más nos acercábamos, más crecía la casa a mis ojos. El viejo Gabriel me enseñó cuáles eran las llaves y, mientras se arañaba intentando forzar la cerradura totalmente oxidada con una llave enorme, la madre de José nos espiaba escondida en su propio bulto. Una mirada, al mismo tiempo, desolada, amenazadora y de miedo. Entramos. Los reflejos del sol en los ojos tardaron en atenuarse en aquella oscuridad absoluta, pero, a medida que fui viendo, me di cuenta de que aquella era una casa muy rica y abandonada. El viejo Gabriel me avisó para que me tapara la boca y la nariz. Me quité el pañuelo de la cabeza y entramos en el corredor principal. Callado, el viejo Gabriel se paró a mirar, como si mirando mostrara, como si mostrando explicara. Y, de repente, la voz que está encerrada dentro de un baúl dijo: el viento pasa y permanece en las hojas que aún se estremecen después de él; ningún hombre puede detener el viento, porque todos los hombres son una parte de viento. Nos alejamos del corredor principal y el viejo Gabriel dijo no tengas miedo, no es más que una voz. Pasé esa tarde acarreando baldes llenos de lodo. Tiraba la pala al suelo, atravesaba la casa con un balde en cada brazo y los vaciaba en la carretilla. Cuando la carretilla estaba llena, la llevaba hasta la huerta y lo ponía todo en un montón de estiércol que el viejo Gabriel aprovecharía más tarde. Con el pañuelo de la cabeza atado alrededor de la cara, tapándome la boca y la nariz, me detuve varias veces a escuchar la voz que está encerrada en un baúl y entendí un poco por qué la madre de José había querido pasar allí tanto tiempo. Una de esas veces, oí que decía: tal vez haya una luz dentro de los hombres, tal vez una claridad, tal vez los hombres no estén hechos de oscuridad, tal vez las certezas sean una brisa dentro de los hombres y tal vez los hombres sean las certezas que poseen.

Esa tarde, conocí a José. Había acabado de recoger a las ovejas en el redil y venía en dirección a mí. Su mirada era firme, casi feroz; tierna, como la de un hijo; avergonzada, porque era la mirada de un pastor todo el día entre ovejas y lejos de los hombres; nítido. Y al decir buenas tardes, ya sabía quién era yo. Esperé tal vez un momento, respondí buenas tardes, y también yo, también yo sabía quién era él. Durante una semana, no hice otra cosa en la hacienda sino sacar porquería del corredor principal. Pasaba mucho tiempo sentada delante de la voz que está encerrada dentro de un baúl, escuchando. Y, al caer la tarde, a la hora en que me preparaba para volver a casa, llegaba José y decía buenas tardes. Y esas palabras simples eran tanto y cada vez más. Buenas tardes, como un poco de aquella claridad en declive, como todo el silencio de la puesta de sol y de la tierra bajo aquella luminosidad efímera y, sin embargo, perenne. Buenas tardes, y muchas palabras en su rostro, y yo respirándolas como una brisa. Buenas tardes, y el cielo. Después, al volver, la extensión toda de las llanuras, la profundidad toda de la luz, el espacio hasta el horizonte y más allá de él, todo era aquella voz diciendo buenas tardes y mirándome, todo era su rostro. Recorría todo el camino hasta el pueblo y, en el momento que entraba en casa, anochecía. Me dirigía al patio y mi madre todavía estaba donde yo la había dejado. En medio de la tierra del patio, había construido quizás una torre muy alta; o un árbol con todas sus hojas; o uno más de aquellos rostros que, siendo la misma persona, unas veces sonreían, otras lloraban, unas veces tenían toda la vida y toda la alegría, otras veces estaban muertos y tenían la expresión única de la tristeza eterna. En esos primeros tiempos, porque la casa lo necesitaba, yo iba allí todos los días. Y, antes de dormirme, más allá de las palabras interminables que mi madre modelaba en el silencio, sólo veía a José llegar del campo y mirarme, miraba hacia mí, veía lo que yo veía, nos mirábamos.

Para quien sabe conocerlo, este calor es soturno. Este sol intenso es una caricia fúnebre en la piel. Esta luz es la vida, ella misma, que se consume. Para quien sabe conocerlo, este verano inmenso es negro: negro detrás de la luz, negro detrás del sol, negro detrás del calor. Y ella viene en este verano, camina por la carretera, y las fuerzas son escasas, todo el cansancio. Y la imposición de vivir la obliga a caminar, a seguir, resguardándose en las pocas sombras de la carretera; y todo el calor, y toda la luz es una sombra. Y la tristeza es su mirada durante el camino, sus ojos fijos en la tierra. La tristeza será su mirada en el momento en que surja la entrada de la hacienda. Y, sobre la tierra, a la tarde, dentro de la luz, cargando una muerte pesada y doliente, pasará directa a la casa de los ricos. No me verá, como no verá el silencio de las malvas a su paso. Y, gastándola, el tiempo continuará. A la salida, un poco antes de que José recoja las ovejas o un poco después de que José entre en casa, me dirigirá una mirada piadosa y, como sabe que mañana iré a visitar a su madre, me dirá hasta mañana.

Pero hoy no necesitará escoger un momento entre los momentos, porque hoy José no ha ido al campo. He sido yo quien ha llevado algo de heno a las ovejas y les ha cambiado el agua. La ventana del cuarto de José ha estado cerrada todo el día. Hay un sosiego distante, del tamaño entero de un hombre. Harapos rasgados de nubes pasan lentamente. La luz hace brillar todas las cosas y todas las miradas de los bichos y todas las hojas en los árboles y todas las piedras. Soy viejo y lo sé. Este sol nos muestra más las ruinas. Lo que vemos es lo que ha quedado. Apenas nos ha sido concedido lo que deseamos para que, ese mismo en momento, nos quiten definitivamente eso que fue un sueño. Este sol nos muestra nuestra propia desesperación imposible. Para quien sabe conocerlo, este sol es la mano que nos ahoga y nos muele. Este sol es la canción que cantaba nuestra madre para acunarnos, y que nos despierta en la oscuridad insoportable de no tener ya madre y continuar en esta soledad tórrida y sin esperanza. Para quien sabe conocerlo, este verano es negro. Para quien sabe conocerlo, este calor es soturno.

Después de que Salomón desapareciera en su camino de vuelta a casa, después de los primeros sonidos de la noche, José volvió con el rebaño. Se oían las piernas cortas de las ovejas tropezando con las piedras, se oían sus pasos rápidos, como un saco de patatas pequeñas vaciado sobre la superficie de una mesa. La noche era una melancolía arrastrada, era un velo de mármol negro que envolvía los campos y el interior de José. Soltó los alambres de la cancela, esperó a que las ovejas entraran. Sus gestos eran ausentes de sí mismo, pues no existían en ninguna memoria. La mirada de José era grande. La perra vieja, vieja, vieja, se alejó. En la lejanía, se oían las estrellas y la paz inalcanzable de las cigarras. José dio la vuelta al corral. Llegó detrás de los comederos y apoyó el cayado, y colgó la bolsa que llevaba al hombro en un clavo, y se quitó la piel de cordero, y la camisa. Y se acordó de todas las palabras de Salomón. ¿Es cierto, José? Las palabras y la voz, ingenuas. ¿No es cierto, verdad? La cara del primo y el disgusto verdadero de José, aquellas palabras y la pena de José, diseminada por toda la llanura y por todo lo que era el mundo. Sé que no. Con el tronco desnudo, sus ojos fueron mayores que la noche, y todas las estrellas se reflejaron en su mirada. Apretó la cuerda que estaba atada en una cancela y le dio la vuelta en un arco sobre el hombro izquierdo. En la espalda, primero, se dibujaron cardenales violáceos de los que brotaban puntitos rojos; luego la sangre comenzó a caer en líneas rectas, alternadas sólo por el golpear rítmico; al final, su espalda era una cortina entera de sangre, y la cuerda levantaba salpicaduras al tocarla. José permanecía con los ojos abiertos. La fuerza del brazo era constante. La cuerda rasgaba el aire con un grito que estallaba en su espalda. José cambió de brazo y continuó hasta que le temblaron las manos. Dejó la cuerda. Botón a botón, se puso la camisa sobre la sangre. Se puso la piel negra de cordero. Entró en casa. Pasó junto a su madre que estaba junto al fuego y no hablaron. En el cuarto, tumbado sobre la cama, a oscuras, José miraba el techo y todo el sol que conocía.

S alió el aprendiz, salió Salomón, y el maestro Rafael continuó deslizando el cepillo por la tabla que sería el marco de una puerta. Con su única mano, deslizaba el cepillo y la madera quedaba lisa y precisa. Incluso cuando los días se hacían mayores, el maestro Rafael se quedaba siempre a trabajar hasta el último rayo de luz y, aquella tarde, estaba tan sumido en sus pensamientos que no oyó a Salomón decir hasta mañana, ni oyó al aprendiz preguntar ¿puedo salir, es que mi madre está esperándome para que ordeñe las cabras?, ni se oyó a sí mismo responder vete. Y cuando, en un intervalo de sus recuerdos, despertó y se dio cuenta de que estaba solo, sonrió ante el descubrimiento y se acercó a la ventana. Y era una ventana muy larga, con los vidrios opacos de serrín, y estaba abierta. Se apoyó en el antepecho y, con su único ojo y su único oído, bebió toda la claridad y toda la sinfonía del ocaso. La serrería no tenía muros, y el paisaje se extendía por las heredades del doctor mateus, por un trigal manso que terminaba en un cerro dorado donde el sol, entre las espigas, desaparecía. De dentro del calor, nació una brisa apacible, y era esa respiración la que pasaba junto al trigo en corrientes que se extendían, como las ondas circulares de una piedra arrojada al agua. Todo el cielo, enorme, grandioso, se estrechaba contra el lugar donde el sol caía, calcinado y moribundo, queriendo descender también él a esa tumba y, finalmente, liberar a su vez a la noche. En una mezcla compacta de movimientos opuestos, como una sábana de cuerpos lanzados en un remolino, aprovechando los últimos caminos del día, los gorriones agitaban en el aire una explosión de piares. El crepúsculo. Y, por dentro, el maestro Rafael era más grande. Pensaba en la prostituta ciega. Y, allí, la superficie entera del cielo no era sino un gesto de ella; el aura del sol sobre todo el horizonte de la tierra no era sino un cabello de ella; los gorriones en su melodía de mil voces no eran sino el inicio de un suspiro de ella; la distancia infinita de la llanura no era sino la piel suave de la yema de un dedo de ella. Pensaba, y sus pensamientos le parecían más verdaderos que los pensamientos, porque sabía que, esa tarde, iría a visitarla. Lentamente, la noche rozó la tierra; y, sólo en ese momento, el maestro Rafael continuó. Se apoyó en la muleta y cerró las ventanas, cerró las puertas. La muleta se la había hecho su padre una semana antes de morir. Era ligera, fuerte y no hacía daño debajo del brazo. Había sustituido a otra más pequeña. Pero, ahora, el maestro Rafael era un hombre y no crecería más; y, cuando en ocasiones se sentaba a mirarla, aquella muleta le parecía más resistente que las cosas eternas, tal había sido el cuidado con el que había sido hecha y el afecto que le había dado a lo largo de los años. Cerró el portón, golpeándolo con un estruendo de trueno. Caminaba hacia su casa. Lo acompañaba el sonido único y repetido del picar de la muleta en el suelo, y las voces de la gente sentada a la puerta que lo saludaba. Pasó por casa de Salomón, junto a la casa del hombre que escribe encerrado en una habitación, y como siempre hacía, al oír el ruido de la muleta, todavía sucio de virutas y serrín, Salomón salió a la calle y dijo hasta mañana. El maestro Rafael levantó levemente la mirada y siguió. Cuando llegó a su puerta, la abrió, la cerró, y no encendió el quinqué de petróleo.

Sabía dónde estaba todo. Cogió un trozo de pan duro y, con la navaja, como si fuera una corteza, lo cortó en rebanadas sobre un cuenco; como tenía la cafetera mediada con lo que había sobrado por la mañana, las regó con café frío; y se sentó a la mesa engullendo cucharadas de sopas de pan y café. Al final, se llevó el cuenco a la boca y sorbió el caldo, lleno de migajas, y para él eso era lo mejor. Se quedó un momento sintiéndose solamente confortado, eructó y se levantó. Llenó la jofaina del lavabo. Era un lavabo de hierro pintado, con una jarra esmaltada abajo, un espejo pequeño encima, una jofaina en el centro, un lugar para el jabón y un gancho corto de hierro para la toalla. Se desvistió completamente y organizó la ropa en la silla del dormitorio. Volvió a la cocina y, ante el lavabo, a oscuras, se lavó el brazo hasta el codo, se lavó la cara, el cuello, enjabonándose muy bien. Limpio y fresco, de nuevo en el dormitorio, se puso la ropa que, fuera verano o invierno, vestía siempre las noches en que visitaba a la prostituta ciega: unos pantalones castaños de trabajo, con la pernera derecha doblada y sujeta con imperdibles; una camisa blanca y una chaqueta gris, con las mangas derechas dobladas y sujetas con imperdibles. Se pasó los dedos por el pelo, para deshacer la forma de la boina, y salió.

Caminé por la noche. Los lugares por donde pasé y que me llevaban a ella no eran las calles. Mis pies pisaban la tierra seca y el polvo, pero yo no era eso, y yo avanzaba por la noche. Y lo que ahora digo así, noche, era un silencio fresco, negro y necesario; me envolvía, y tal vez flotara. No eran las calles. Sin embargo, si busco en la memoria, sé que encontraré esas calles que van de mi casa a la casa de ella, sé que encontraré la cara de la gente que me ve bien vestido y me dice buenas noches con una sonrisa que quiere decirme otras cosas, sé que recuerdo las estrellas allá arriba en una indefinición. Y todo eso en que no reparé, pero que me llega como un recuerdo olvidado, contado por alguien que asegura que fue así, sucedió antes de la única cosa que sucedió verdaderamente esa noche, en mi vida. Y todo este tiempo antes me parece haber perdido el sentido. Una nube descendió sobre este tiempo antes, o siempre he estado dentro de una nube en ese tiempo antes. Dentro de una nube aprendí los colores pálidos de la niebla y creí que la tierra era de color castaño desvaído, que la hierba era de un verde desvaído, que la luz no existía. Y en los últimos momentos de ese tiempo antes de todo, ignorante y ciego, caminé por la noche. Subí los últimos escalones de la noche. Casi llegando. Sin saber. Antes.

Llamó muy suavemente a la puerta. Posó muy levemente los puños en la puerta. Dejó apenas el sonido de dos puños rozando la puerta. No se oyeron los pasos de la prostituta ciega. La puerta se abrió. Ella buscó su rostro, pero él entraba ya por la penumbra de la cocina. Su cuerpo, fino, era una sombra bajo la luz del quinqué que había encendido para él. La prostituta ciega no tenía más que treinta y pocos años. Decía la gente que era tataranieta de una baronesa. Todo el mundo había oído decir a alguien que había oído decir. Con seguridad, se sabía que había heredado la enfermedad y el oficio de su madre, que la heredó de la abuela, que la heredó de la bisabuela. La prostituta ciega tenía un rostro franco, de rasgos puros, y triste desde hacía diez años. El día en que murió su madre, diez años atrás, no lloró. Ese día, por primera vez, se llevó los dedos a las cuevas de los ojos e intentó descubrir así lo que era ver, lo que era llorar. Ese día, soterrado por diez años de luto, sintió un alivio en el último aliento de franqueza de su madre, sintió una gran desorientación en las manos, después, el andar perdida por la casa que siempre había conocido, de pared en pared. Y ese día, hacía diez años, aún no había pasado una semana desde la mañana en que su madre se despertó con las cicatrices antiguas de los muslos y el vientre rayadas de pequeñas gotas de sangre. La mañana en que su madre se levantó y le dijo prepárame la cama para morir. Y, con mucho miedo, con una rapidez ansiosa, la hija le limpiaba las cicatrices con toallas, y nuevas gotas de sangre fresca sustituían las anteriores en el mismo lugar. Pasaron noches. Las cicatrices se abrían lentamente, como llagas recién hechas. La sangre aumentaba. Y la hija colocaba toallas sobre las heridas, y sólo las quitaba cuando empezaba a sentir el calor de la sangre en las manos. Nadie fue a visitarlas esos días. Y, la víspera de morir, la madre reunió sus pocas fuerzas para pasar las palmas de las manos por el rostro de su hija, despacio, viéndola. En el dormitorio, había sangre coagulada en las paredes, en el suelo, y toda la habitación olía a sangre. La sangre corría ya por la piel como un río descompasado cuando de repente paró. La hija no dijo nada durante un momento. La madre dejó de respirar. El maestro Rafael cerró la puerta de la calle y siguió hacia el dormitorio. Hacía diez años, la madre de la prostituta ciega había muerto en aquella cama, fría, blanca, sin un resto de sangre en el cuerpo.

Primero ella, luego él, se sentaron en la cama. La única luz era la que llegaba de la cocina. El maestro Rafael no necesitó verla para darse cuenta de que había novedades. Ella apuntaba con el rostro en una dirección de ciega, hacia un lugar donde no había nada ni nadie. El cuarto olía a cerrado, a vergüenza. Él colocó su mano dentro de las manos de ella y, sin decir una palabra, se dio cuenta por un apretón tenue y tibio que algo los iba a unir para siempre. Y toda la eternidad se apoyó en ese instante. Todo el silencio. Y, cuando ella levantó la mano del maestro Rafael y la colocó, sobre la ropa, en su vientre, los labios de él se deshicieron en una sonrisa, quizás una sonrisa, y su mirada inmensa la buscó.

Ella no sonreía. Y sólo cuando él, con una voz de niño, dijo vamos a casarnos, su expresión grave, pero serena, se disipó en un ligero gesto de alegría simple y sincera.

Caminé por la noche. Al volver a casa, imaginando lo que sería avanzar por aquellas calles con la certeza de que ella me esperaba, caminé por la noche. Imaginando todo igual, el pueblo adormecido, el fresco, la calma, pero con una certeza enraizada y natural. Era así como veía yo la vida de los hombres casados. Una certeza más, profunda, segura. Una certeza. Ella me esperaría, mi mujer me esperaría, y el niño estaría durmiendo, mi hijo estaría durmiendo. Yo avanzaría en la noche, sabiendo todo esto, teniendo esta certeza. Y allí, atravesando el descanso del pueblo, todos los sonidos, los grillos, la luna cortada, los perros que ladraban, los perros que se contestaban de una punta a otra del pueblo, los perros que gritaban, todo eso me era absolutamente ajeno, todo eso era una realidad distante, quizás imposible, después de mi piel y de mi mirada. Pero, cuando pasé por la fuente pequeña que hay al principio de la calle de Salomón, el ruido del agua que brotaba del caño, que caía en la piedra, entró en lo que en mí era noche y me hizo detenerme. Apoyado en una pared, en una mezcla de voces y recuerdos, oí mujeres que hablaban, hombres que gritaban a lo lejos, niños, que cantaban una cantinela sin fin; oí tullido, oí tullidito, oí medio hombre. Oí lo que recordé. Quise olvidar. Me apoyé de nuevo en las muletas y seguí, engañándome, pensando que eso era poco, nada, que eso acabaría el día que me casara con ella, el día que naciera nuestro hijo. En silencio, abrí la puerta de casa y, cerrándola, devolví la casa y el mundo al silencio. Despacio. La oscuridad inmensa. Me senté en una silla y deseé vivamente que mi padre estuviera vivo. Padre, voy a casarme. Padre, voy a tener un hijo, vas a tener un nieto. Padre, estoy feliz.

La cocina, además de las puertas, tenía un único ventanuco que daba al patio. En el momento en que la mañana surgió con sus sonidos y con la prisa de su claridad, fue por ahí por donde entró. El maestro Rafael estaba todavía sentado en la silla donde se quedó cuando llegó de la casa de la prostituta ciega. Y el cuadrado de luz que pasaba por la ventana se esparcía en un largo rectángulo que se extendía por el suelo, que rozó los pies del maestro Rafael, que le subió por las piernas, por el tronco, hasta el rostro. Su mirada era la de alguien que ha pensado en muchas cosas. Se levantó haciendo crujir las articulaciones de las rodillas y de la columna. En el dormitorio, se puso la ropa de trabajo. No encendió el fuego, no bebió café y salió. En la calle, sentía que la aurora lo saludaba. En la nitidez de todo, la cal era más límpida, la tierra y el polvo y las piedras eran más frescas. Casi dormidos, perros lánguidos miraban al maestro Rafael. Golondrinas que pasaban rozando el suelo, como disparos de un arpón inofensivo. Y el maestro Rafael ora se apoyaba en la muleta de madera, ora se apoyaba en la pierna; y su forma vacilante de andar le pareció más estable y segura esa mañana. Cuando llegó a la serrería, había un aura sobre el tejado y sobre el patio en la que no se fijó. Nadie lo esperaba junto al portón. Nadie había llegado todavía. Sobre las virutas y el serrín, pasó entre la mesa y los bancos y fue a abrir la ventana. El aire fresco, la respiración fresca. Y, por primera vez, una voz le dijo en su interior ella hace favores a tantos hombres, ¿le has preguntado si el hijo es mío o no? E inmediatamente, sin que mediara un instante, se avergonzó de su flaqueza. Se acercó al banco y sujetó el cepillo. Las tablas del marco de la puerta que estaba haciendo estaban donde las había dejado la víspera, pero con más tiempo, con una capa de tiempo sobre ellas, como una capa de polvo. Empezó a cepillarlas. Poco después, apareció el aprendiz. Buenos días. Poco después, apareció Salomón.

El aprendiz estuvo toda la mañana recogiendo del suelo de la carpintería restos de tablas, que después transportaba hasta un montón en el patio; y juntando, con una pala de madera, montoncitos de serrín y de virutas sobre un gran paño, que después sujetaba, uniendo las cuatro esquinas con la mano derecha, y cargaba a la espalda hasta el montón más grande del patio: una pequeña montaña de serrín. Casi todos los días aparecía alguien con un saco vacío, que pedía y se llevaba el saco lleno de virutas para hacer la cama a los conejos en las conejeras; todas las semanas, aparecía el panadero conduciendo la carretilla y llevándosela llena de restos de tablas y maderas que no valían para los trabajos de carpintería y eran buenas para arder en el horno del pan. Pero nadie conseguía acabar con el montón de serrín, con el montón de maderas, de tanta como era la actividad en la serrería, y los montones crecían directos hacia el cielo. El maestro Rafael y Salomón estaban en el patio. Tras ellos, pasaba el aprendiz, ligero cuando iba cargado, perezoso después de soltar la carga. El sol calentaba ya, como a la tarde, y levantaba en el suelo de cortezas de pino una niebla incandescente, como el rumor de una combustión, como agua, como un vidrio que fuera transparente y oscuro. El maestro Rafael sujetaba su punta de la sierra, y en aquella mano tenía más fuerza que la mayoría de los hombres en las dos. Del otro lado de la sierra y del tronco que cortaban, con el sudor bajándole por la cara, Salomón hizo gesto de que quería beber agua. Inclinó el cántaro hasta llenar el corcho y, mientras el maestro Rafael se acercaba lentamente, bebió hasta hartarse. Luego, se agachó de nuevo, volvió a llenar el corcho y se lo entregó al maestro Rafael. Este lo recibió y dijo quiero decirte una cosa. Y se llevó el corcho a la boca, tapándose toda la cara hasta el ojo ciego y el ojo fijo en Salomón. La mirada de los dos hombres quedó unida por un momento. Despegando el corcho de su boca, derramó una hilera de agua, la enfiló en el gollete del cántaro y, enderezándolo, dijo

voy a casarme con la prostituta ciega. Salomón era un niño sonriente, le puso la mano en el hombro y le felicitó. También el maestro
Rafael sonrió.

El cuerpo no me pide dormir esta noche. Me he tumbado en la cama, pero los ojos no se han cerrado. He permanecido en la luz que me llenaba: desde el cielo, desde el sol, una luz que rasga la noche y el tejado y mi pecho, una luz que me ciega de todo el resto. Con las piernas estiradas, con los brazos estirados, sin sentirlos, he estado tumbado. Pienso: tal vez el dolor exista para avisarnos de un sufrimiento aún mayor. En la espalda, bajo la ropa, siento el dolor en carne viva. Pienso: el dolor existe para avisarnos de un dolor mayor. Y durante toda la noche, durante todo el día, mi madre ha estado, está, junto al fuego. Como si hiciera frío, como si viviera en un invierno que no termina, está muy quieta, muy cerca de las brasas, con la luz de las llamas iluminándole el rostro y los pensamientos. Y a veces remueve las brasas con una tenaza, las aviva con el fuelle; a veces, arrima un puchero al fuego, coloca un puchero sobre el trébede; a veces, se levanta y va a buscar leña: ramas secas, leñas, troncos: leña que acarrea completamente encorvada, pero veloz, porque nunca se aparta del fuego por más tiempo que el de un aliento. Y se queda, encogida en un luto nocturno, hipnotizada, como si su cuerpo pequeño y magro y delgado y frágil absorbiera todo aquel fuego, como si viviera en un invierno que no acaba, como si hiciera frío. Y fuera, más allá de las paredes, el sol arde, como arde aquí en mi silencio; el sol, inclemente, seca las hierbas, la piel, las esperanzas. Y sin embargo, madre, sabes que te comprendo. Aunque no lo diga. Aunque no lo digas. Sabes que, cuando paso junto a ti y me miras con una súplica en tu mirada, me apetece enternecerme como antes, me apetece cogerte las manos como cuando me apretabas contra tu pecho y eras tanto mi madre, como cuando era pequeño. Pero hoy, cuando paso junto a ti, ya no soy el niño al que llamabas con los brazos abiertos; hoy, hombre y diferente, soy aquel que pasa junto a ti y finge no oír los lamentos de tu mirada. Y, sin embargo, sabes que te comprendo. Entiendo tu frío glacial en mitad de agosto, tu luto que te enflaquece, flaca, flaca. Como te entendí la noche en que me preparaba para ir a estar con ella en el pueblo, y me miraste, con el cuerpo muerto y la sombra, me miraste, sin palabras, diciendo no vayas. Y te entendí esa noche en que ella me esperaba, en que el entusiasmo se detuvo en mis venas, y te escuché, y aflojé las manos, y entré en este cuarto solitario, y me tumbé en esta cama solitaria, donde ahora estoy solo. Madre, estás junto al fuego y tiemblas de frío, como tiemblan heladas las brasas que arden, y allí en la distancia donde está el espejo de la noche sabes que nunca te he odiado. Soy tu hijo y tu reflejo. Y, ahí fuera, el patio se ha dorado con la luz del sol poniente, y ella atraviesa esa luz. Abandonada, con el pañuelo en la cabeza, la mirada baja, no interroga ya al mundo. El viejo Gabriel le dice hasta mañana. Falta poco para que la claridad se tienda en su féretro negro. Y, aquí, dentro de lo que me envuelve, permanezco en un mediodía casi perpetuo, en una soledad insondable.

El viejo Gabriel me dijo hasta mañana, y no fue mayor que un pedazo invisible de la tarde que lo rozaba. Dejándolo más, seguí. El camino entre las llanuras me llevó a donde estoy ahora.

En la carretera del "monte de los olivos", mis pasos. Ya lejos de la hacienda y todavía cerca de la tarde entera que pasé en la casa de los ricos. Y, aquí, me cruzo conmigo misma, después de la comida, camino de la hacienda. Me veo venir en mi dirección. Voy hacia la hacienda. Vengo de la hacienda. Vengo de la hacienda y me veo ir hacia la hacienda. Voy hacia la hacienda y llevo en la memoria el rostro de Salomón comiendo y sonriendo sin motivo; llevo en la memoria a Salomón pidiéndome una aguja, levantando una mano gruesa contra la luz y, con la punta de la aguja, escarbando en la piel del dedo y extrayendo una astilla de pino. Eso fue lo que hizo Salomón durante la comida y en eso pensé. Paso junto a mí. Paso junto a estos pensamientos. El sol, en su cenit, me hace sudar. Atravesaba la hora del calor. Cuando llegue a la casa de los ricos, voy a quitar el polvo y barrer y abrir las ventanas de los cuartos de arriba y, luego, voy a sentarme en el corredor principal ante la voz que está encerrada dentro de un baúl. Fue eso lo que hice. Paso junto a mí. Paso junto a estos pensamientos. Arreglé la casa en media hora y pasé el resto de la tarde oyendo la voz que está encerrada dentro de un baúl. Le oí decir muchas cosas, pero presté más atención cuando dijo: el dolor existe para avisarnos de un sufrimiento aún mayor. Oí a la voz que está encerrada dentro de un baúl decir estas palabras y me veo desaparecer por la carretera, en dirección al "monte de los olivos", para ir a oírlas por primera vez. Aquí, donde están mis pasos, el sol desiste poco a poco. Sigo. Me espera el pueblo, las calles y las mujeres que hablan mezquinamente después de que yo pase, me espera mi madre sin saberlo. Y al anochecer, hablando consigo misma, voy a oírla repetir su historia infinita. Su historia pesadamente eterna, no porque no acabe nunca, sino porque es constante, porque no hay una pausa que distinga el fin del principio. Al anochecer, me quedaré sola oyéndola, como aquella noche que no dormí y, al día siguiente las ventanas y las puertas de la casa de José estaban cerradas, como lo estaban hoy. Fue el primer abril que pasé trabajando en la casa de los ricos. Ese atardecer, placentero como éste, José llegó del campo cuando yo iba a salir. Nos detuvimos mirándonos. Dijo buenas tardes y su voz era un poco de aquella luz suave. Dentro del cielo, sobre nosotros, pasó una cigüeña muy lenta, con las alas muy abiertas, volando, llevando una rama seca en la punta del pico muy largo. Y ese momento fue nuestro y enorme. Sin dejar de mirarme, dijo espérame, iré a buscarte. Y, ese día, no sentí el camino hacia el pueblo como hoy siento la distancia de cada paso. Llegué a casa, metí a mi madre dentro y, mientras tanto, preparé un paquete de ropa. Ya había oscurecido, yo doblaba una camisa cuando, a través de la pared, me pareció oír llorar al hombre que escribe encerrado en un cuarto sin ventanas. El hilo permanente de la pluma de plumilla se suspendió por más tiempo que el habitual, y me pareció oír caer dos lágrimas en la superficie de una mesa. Quizás sean dos gotas de tinta, pensé. En la cocina, calenté el agua de la sopa y se la di a mi madre. Cucharada a cucharada, el rostro imaginado de José aparecía más nítido en el espacio real de la puerta. Mirando hacia lo que pensaba, en ocasiones no acertaba en la boca de mi madre, y lo veía, lo oía decir ven conmigo. Ese día, cuando recogí el babero, estaba más sucio de lo habitual, teñido de caldo coagulado. Miré mucho a mi madre y sonreí, intentando contarle la alegría. La llevé hacia el banco junto al fogón, y le arreglé la ropa en el cuerpo, y la peiné con los dedos. Me senté. Puse las manos sobre las piernas. Y nos quedamos esperando. Y nos quedamos esperando. Y el tiempo se demoraba más. Un instante de aquella noche era una noche entera. Una brisa, que iba y venía, agitaba la puerta y yo temblaba por dentro. Y el tiempo, sólido, entraba muy despacio, muy despacio por mis poros. Llegará, viene de camino y llegará. Y el tiempo. Mi madre repetía las palabras que repetía y repitió, repetía la mirada y la respiración, la mirada y la respiración, la respiración ansiosa entre las palabras, la mirada, repetía, se repetía a sí misma hasta ser muchas, siempre igual, en el mismo sitio, en un tiempo repetido. Y yo miraba mis manos, no creyendo que estuvieran vacías, no creyendo que alguna vez hubiera podido imaginarlas de otra forma que vacías. Y el quinqué de petróleo nos envejecía. Las sombras, débiles, condenadas, se curvaban y, en el suelo, en las paredes, avanzaban lentas, como humo. Tiene que llegar, viene de camino y llegará. Y, quizás ya muy tarde, la respiración de mi madre se volvió más dilatada, las palabras ocuparon su aliento. Tenía la cabeza caída hacia delante sobre el cuello. Dormía. La llevé al cuarto. La tendí en la cama. Le descalcé los zapatitos, le quité el vestidito y la tapé con las sábanas. Le hice caricias en la cara. Me hubiera gustado que él la hubiera visto, me hubiera gustado enseñarle a mi madre, me hubiera gustado haberle dicho ésta es mi madre. Y su piel, descansada y distante, tan serena bajo mis dedos. Cerré la puerta despacito. Sople el quinqué. Me senté. Puse las manos sobre las piernas. Sola, dentro de la oscuridad, esperé hasta que llegó la mañana.

No vayas. Y no fui. Aunque todo el día, toda la vida, hubiera esperado aquel instante, único entre todos los instantes, aunque hubiera imaginado el mundo al detalle después de la frontera pequeña de aquel instante, no fui. No vayas. Aunque se hubiera levantado una cigüeña planeando como un abrazo que nunca dimos, pero que creemos posible, aunque todo yo le haya mirado, aunque le haya dicho espérame, hoy iré a buscarte, aunque el crepúsculo nos haya visto donde sólo van los más sinceros, entré en este cuarto, y me tumbé en esta cama, y dejé que el instante único pasara indistinto y que toda mi vida se convirtiera en un lugar penoso de instantes desperdiciados, instantes desperdiciados antes de tiempo, durante su fastidioso tiempo, después de la mala memoria de su tiempo, en el tedio de no tener y no esperar nada. No vayas. Y no fui. No me perdiste, madre. Me perdí yo a mí mismo, me desencontré de mí allí donde nunca estuve, donde nunca estaré. Y no te culpo de nada, como no culpo a la luna que nace todas las noches, al sol, a la tierra que tira de mí. No te culpo de nada. Y ahora que sé dónde estás, porque siempre te he conocido olvidada ahí, porque siempre te he visto entre las ruinas de un silencio amordazado, ahí olvidada, entre lo que un día los hombres llamaron muerte, entre lo que un día los hombres llamaron noche y frío; ahora que sé dónde estás, tengo que levantarme de esta cama. Es ya muy tarde, y la oscuridad ha cubierto los campos, y las llanuras son apenas la oscuridad; los gritos de los murciélagos, el ulular de los búhos, los grillos y el gran silencio mundial. Tengo que levantarme de esta cama. Lentamente, cierro los párpados a este sol que miro de frente, este sol que entra en mí no para lavarme de penumbra, sino para sofocarme. Lentamente, levanto los párpados, y en las tinieblas de este cuarto veo surgir este cuerpo que, quieto, no me parece mío. Poco a poco, empiezo a tomar posesión de él: primero, los brazos, los levanto; después, las piernas, me siento en la cama. Soy de nuevo yo. Necesito ponerme ropa limpia. Me quito los pantalones, mis piernas finas y ridículas; empiezo a quitarme la camisa, y está pegada a la sangre coagulada de la espalda, la despego de abajo para arriba, y es una película que va arrancando costras y llevándoselas pegadas al tejido. Pienso: el dolor existe para avisarnos de un sufrimiento aún mayor. Me pongo unos calcetines limpios. Me limpio la espalda con una toalla. Me pongo una camiseta blanca, una camisa limpia, unos pantalones limpios. No me pongo la boina. Entro en la cocina. Ramas secas estallan en el fuego, y su luz mortecina es la única luz. Del cuerpo de mi madre, sólo la cara, triste y vieja, está iluminada. Atravieso su mirada. Abro y cierro la puerta de la calle. La noche es como la conozco: negra y profunda, me aísla dentro de ella y me dice que también yo soy la noche que es la noche. No meto las manos en los bolsillos, las abandono, abandono los brazos. Levanto la cabeza y miro la noche en el cielo, no las estrellas, sino el espacio negro que las separa.

Me acuerdo, y aún siento en las manos la madrugada, la luz lenta. Y todo era cruel porque era igual que todos los días, porque era igual, porque no había nada que se compadeciera, porque el tiempo pasa por el mundo o el mundo pasa por el tiempo y yo, residuo, soy un poco del mundo, no puedo evitarlo. Y la madrugada. Los primeros sonidos de la madrugada. Pájaros. El primer grupo de gente pasa por la calle. Y la voz de mi madre. Mi madre que repite las mismas palabras, las mismas palabras, las mismas palabras. Yo que tengo que levantarme. Y, para mí, cada movimiento está aislado de los que lo antecedían, de los que le seguirán; cada movimiento está dividido en múltiples e ínfimos fragmentos; y cada pedazo de movimiento, cada milímetro es penoso y cruel, es contra mí. En la habitación, los ojos de mi madre. La vestí. Le di el café. Y, cuando entré con ella en el patio, la madrugada era ya una mañana nueva. Y siento todavía en las manos la brisa tibia, que se calienta lentamente, que se calienta hasta ser un fuelle que sopla un hálito de fuego. Como la brisa que llega del lado del pueblo y aquí me roza la cara y el cuello, y aquí intenta sujetarme para que nunca llegue al pueblo y nunca sea noche. Como las amapolas, aquí entre las llamas de los trigales, como brasas más vivas. Y después, cuando los días dejaron de distinguirse unos de otros, cuando el camino al "monte de los olivos" se hizo más largo, como largo e inmenso es ahora, cuando dejé de ver a José, cuando empecé a salir un instante más pronto para no encontrarme con José, cuando los días se mezclaban todos en un día que es todos los días, después, el viejo Gabriel llamó a mi puerta y, antes de instalarse junto a mi madre en el patio, dijo traigo a una persona que quiere conocerte. Y el rostro asustado de Salomón apareció muy apagado en el umbral de la puerta. El viejo Gabriel le hizo sentarse, le tendió una silla, me tendió una silla y se fue al patio. Junté las manos como una niña, junte los pies derechos y me quedé mirando al suelo, sin reparar en el suelo, fijándome apenas en la orla de la mirada y en el silencio. También él permaneció inmóvil, moviéndose apenas de tanto en tanto para acomodarse en la incomodidad de la silla, y no dejó nunca de mirarme, con ojos de ratón, como si examinara un objeto temible. Estuvimos así quizá dos horas, sin hablar, frente a frente, sintiendo solamente nuestra mutua presencia, intimidados con nuestra mutua presencia. Y, cuando el viejo Gabriel entró, también se paró a mirarnos, quizás sonriendo, y dirigiéndose a Salomón dijo ¿vamos?, y Salomón dijo ah, o dijo hum, y se levantó de golpe. Antes de salir, el viejo Gabriel me dijo hasta mañana. Salomón no me dijo nada. Y al día siguiente, o dos días después, por la mañana, se me presentó la madre de Salomón. Llamó a la puerta y entró. Pasó por delante de mí, se sentó y empezó a hablar muy deprisa. Dijo que su hijo quería casarse conmigo, y dijo que nos casaríamos al de tres semanas, y dijo que nos cortejaríamos en su casa, día sí, día no, siempre en presencia de ella porque no quería desvergüenzas, y dijo que empezaríamos el noviazgo el día siguiente porque no había tiempo que perder, y dijo que fuera al caer la tarde, y dijo que le gustaban las uñas cortadas y los cuellos bien limpios. Dijo que admiraba la manera en que me había criado sola, y dijo que había sido ella la que le había propuesto a su hijo la idea de casarse conmigo, y dijo que el hijo necesitaba de los cuidados de una mujer bondadosa, y dijo que yo le parecía una buena chica para él. Dijo que el mayor trastorno que él le había causado era no haber querido nunca trabajar con su padre, y dijo que su padre era herrero y que a él siempre le habían dado miedo las bestias. Dijo que su padre había muerto de una coz de mula en la sien, eso ya lo sabía yo, y dijo que le había conseguido un puesto en la serrería del maestro Rafael, y que ahora trabajaba allí. Dijo que estaba sola. Yo no dije nada. Ella se levantó, dijo hasta mañana y salió porque tenía prisa. Y así durante tres semanas, en días salteados, al caer la tarde, tuve mi noviazgo con Salomón. Nos quedábamos uno junto al otro, en sillas separadas, su madre se quedaba sentada frente a nosotros, haciendo punto: una chaquetita para el hijo que, según ella, tendríamos de allí a dos años. Él, pasmado, me miraba a mí, yo miraba al suelo, su madre hablaba. Contaba historias de cuando Salomón era pequeño y tenía miedo de las alturas, de la oscuridad, de las ratas, de las arañas, de las lagartijas, de los saltamontes, de los grillos, de los ciempiés, de las hormigas voladoras. Y pasadas tres semanas, me casé. No sé qué día fue, ni quiero hacer ahora el esfuerzo de calcular en qué mes, sé que fue un domingo. Llevé a mi madre del brazo hasta la capilla. Con un vestido de novia que me prestó la madre de Salomón, bajo la fuerza del sol, por las calles, a pie, llegamos a tiempo. El diablo estaba ya en el altar. Ellos se retrasaron. José, que es primo de Salomón, no fue porque las dos madres no se llevaban bien. Se retrasaron, pero llegaron. Si madre le tiraba del brazo como si lo trajera a la fuerza, y estaba morada, con un vestido muy apretado, con un collar de perlas falsas enterrado en la carne del cuello y un ramillete de tulipanes de plástico en la cabeza. El diablo empezó, y las palabras que decía en el espacio exiguo de la capilla, como si las dijera en el púlpito del mundo, se mezclaban con su sonrisa. Y, en el momento en que el demonio se preparaba para pedirnos el sí, la madre de Salomón cayó al suelo. Muerta. Con los ojos desorbitados, asfixiada, apretada por el vestido, por el collar, doblada por el peso de los tulipanes. Y el diablo nos hizo la pregunta muy deprisa, dijimos sí sí, y sólo después nos volvimos a atender a la difunta. Y fue una mezcla de boda y funeral, porque en cuanto dimos la respuesta, atravesaron a la madre de Salomón en un banco de la capilla, la colocaron delante del altar, y el demonio, con los labios en gesto de sonrisa, dijo algunas palabras por ella. En el atrio, a la salida, nos esperaba el carro funerario con un ataúd, porque un invitado, y todos los invitados eran vecinos de ella, había ido a avisar. Acomodaron a la madre de Salomón y le pusieron la tapa encima. Aunque nadie estuviera demasiado pesaroso, hicimos el camino hasta el cementerio en silencio, a ritmo de procesión. Le dejé mi ramo sobre el ataúd y fueron las únicas flores que tuvo. Con mi madre a un lado y Salomón al otro, volvimos al pueblo. Cuando llegamos a la calle de él, el dobladillo del vestido estaba negro, porque lo había arrastrado por la tierra y el polvo. Él abrió la puerta, entramos, y había una gran mesa preparada en la sala. Como estábamos muy hambrientos, cogimos tres platos y nos servimos. Él esperó a que yo diera de comer a mi madre, y luego comimos juntos. Pasamos un mes comiendo pasteles de bacalao y bollitos de coco envueltos en papeles de colores. Las rosquillas y los bollos de mantequilla duraron casi un año. Hoy, ahora, me acuerdo bien de todo eso, pero sé que un día, al despertar, no recordaré nada. Lo que nunca olvidaré, por más años, por más muertes, será aquella noche inmensa, momento a momento, como una noche que fuera un océano, y yo un guijarro allá en el fondo, que nunca ha sido tocado por la luz. Y llego a casa a la hora exacta en que la tarde desaparece. Salomón todavía no ha llegado. Voy al patio y traigo a mi madre a la cocina. Vuelvo sola al patio. Levanto la cabeza y miro la noche en el cielo, no las estrellas, sino el espacio negro que las separa.

Era sábado. Nadie se atrevería a afirmarlo, pero el sol era más suave, las gallinas estaban más sueltas en las calles, los vuelos de las palomas eran más prolongados en el cielo. Todas las mujeres llevaban bolsas de pan y se paraban a hablar unas con otras. Todos los hombres tenían la cara lavada. Las hierbas aprovechaban la mañana para crecer. Era sábado. El maestro Rafael estaba en casa de la prostituta ciega desde los primeros colores de la madrugada, Salomón y el aprendiz llegaron a la hora en que acostumbraban entrar en la serrería. Hace tres sábados que la casa está en obras. El primero, con tres picos y tres palas, abrieron una fosa de más de cinco metros de hondo en el patio y, cuando llegó la noche le habían hecho una cobertura tan sólida que, incluso aunque plantaran un alcornoque de noventa años encima, la tierra del patio no cedería jamás. El segundo sábado, montaron la pila en un rincón de la cocina y unieron los tubos a la fosa. Fue un día de trabajo más llevadero, y el maestro Rafael, que la semana anterior no había tenido tiempo para esas ambiciones, se pasó el día haciendo planes. Voy a hacer un armario para la loza para ponerlo allí, voy a hacer un estante para ponerlo allá. Y, a la hora de la comida, cuando esperaban que la prostituta ciega llegara con tres escudillas de sopa, cada una de ellas excepcionalmente con dos sardinas asadas, el maestro Rafael cogió el lápiz de la oreja, sacó una tabla pequeña y fina del bolsillo y empezó a dibujar lo que planeaba para el patio, aprovechando su espacio hasta el último resquicio: naranjos injertados con limoneros, melocotoneros injertados con damascos, parras, berzas, canteros de flores formando coloridos dibujos, jaros, malvas y plantas que imaginaba. Otra muestra de su entusiasmo fue cuando, al final de la tarde, les pidió que esperaran en el patio, porque quería estrenar la pila. Salomón y el aprendiz se quedaron con las manos en los bolsillos, en silencio, oyendo los ruidos de la cocina, aumentados por la resonancia de la pila y, con más atención, el agua y la porquería que pasaba por los tubos. El maestro Rafael, con el cinturón todavía suelto, llegó saltando en la muleta. La prostituta ciega llegó enseguida con tres vasos y una botella de vino tinto. El tercer sábado, que era aquel en que estaban, iban a abrir dos ventanas. Una ventana al patio en la pared del dormitorio y otra a la calle en la pared de la cocina. Empezaron por abrir la ventana del dormitorio. El maestro Rafael la midió, la dibujó con un lápiz en la cal y, con el único brazo que tenía, empezó a tirar la pared con un martillo. El mango del martillo tenía el tamaño del brazo de un hombre, y la cabeza del martillo estaba hecha de un acero especial, con una aleación metálica que había sido un secreto durante muchas generaciones y que se extinguió para siempre cuando un martillo, como aquél, acertó en la cabeza del último hijo del herrero, aplastándolo inmediatamente. El martillo era más pesado que una mujer, incluso así, el maestro Rafael agarraba el extremo del mango, lo giraba y, en un estruendo que llegaba de las profundidades de la tierra o de los hombres o de alguna cosa, acertaba exactamente donde quería. En el patio, el aprendiz cribaba paladas de arena, y Salomón, con la azada, mezclaba arena, cemento y agua en una masa consistente, pero no dura, blanda, pero no líquida. Cuando el maestro Rafael acabó el agujero, Salomón fue a la caja de herramientas, sacó el escoplo y un martillo de carpintero, no tenía otro, y enderezó aquel agujero oval dándole forma rectangular. A pesar de que la cama estaba tapada con un paño y del polvo, el dormitorio parecía por primera vez un lugar alegre, había perdido el aspecto lúgubre de muchas generaciones y la luz descubría todos sus rincones. El aprendiz fue a buscar la ventana barnizada que el maestro Rafael había hecho durante tres tardes; y, después de clavarle gruesos clavos cruzados en los extremos, empezaron a asentarla con cucharas de cantero llenas de cemento. Salomón cogió el martillo y, para adelantar trabajo, se dirigió a la cocina. El dibujo de la ventana estaba ya trazado en la pared. Con ambas manos, Salomón dio el primer martillazo en el espacio rectangular de la figura, y los ladrillos no se movieron pues la pared era muy gruesa. La segunda vez, el primer escombro cayó, suelto. Un rayo de sol atravesó la pared. Y, mirando por el agujero, Salomón vio que el demonio estaba al otro lado. Como si supiera que él iba a abrir allí una ventana, como si lo esperara. El demonio estaba en la calle, a un palmo de la pared, mirándolo, sonriente.

Cuando me senté debajo del alcornoque grande y las ovejas se dispersaron por el pasto, sabiendo también ellas que habíamos llegado, me acordé de la voz de Salomón. Cuando éramos niños, yo ya traía aquí a las ovejas, a veces, cuando el sol estaba en la plenitud del calor, aparecía él solo, escapando de su madre, y durante una tarde era libre conmigo. Cogíamos grillos. Yo le enseñaba a distinguir los grillos de las grillas por el número de rabos y le decía no te lleves nunca una grilla a casa, porque ellas llaman a las cobras. Él temblaba de miedo a las cobras y mi aviso era inútil, porque tenía el mismo miedo a los grillos que a las grillas. Jamás tocaría uno y llevarlo a casa era impensable. Cogíamos bellotas. Yo le enseñaba a distinguir las bellotas de los landes, le explicaba que las de los alcornoques eran buenas y que las de las encinas no valían. Él decía que sí, como si hubiera entendido, y luego lo mismo comía bellotas que landes, con los mismos dientes de conejo y con la misma mirada infantil e ingenua. Al caer la tarde, nos sentábamos a mirar a las ovejas, como si miráramos a un río, y yo chupaba el tallo de un vinagre. Cuando arrancaba uno y se lo ofrecía, y lo hice varias veces, él sacudía la cabeza como si rechazara un hierro candente. A los vinagres, les llamaba acederas y contaba que su madre le había dicho que eran venenosos. Resentido, no le miraba y, con voz ríspida, decía mejor, más quedará, y lo decía como si los vinagres estuvieran a punto de acabarse, como si los campos que teníamos al frente no estuvieran llenos de aquellas florecillas amarillas.

Sin embargo, en aquella época, la verdad que yo no me confesaría ni a mí mismo era que aquellas tardes me entusiasmaban. Ni yo, ni Salomón jugábamos con otros niños. Yo no jugaba con nadie más porque no había otros niños en la hacienda y, cuando iba al pueblo, no iba más que con mi madre a visitar el cementerio. Él no jugaba con los otros críos del pueblo porque su madre no le dejaba y porque, la única vez que se escapó para ir a jugar con ellos, le hicieron una limpieza de ortigas: lo rodearon, le quitaron los calzoncillos, se los llenaron de ortigas y él pasó una semana rociándose las partes con vinagre para que se le pasara el picor y el ardor. Sólo jugábamos uno con el otro. Y ese entusiasmo que compartíamos, yo veladamente, él sin saber ocultarlo, nunca lo perdimos. Incluso la última vez que lo vi, aunque supiera que esas tardes eran ya imposibles, fue eso lo que sentí por debajo de la pena. Un entusiasmo mudo, sofocado, solar como las tardes antiguas, negro como las tardes de ahora. Y siento aquí deseos de gritar Salomón, Salomón, como gritaba antes, y verlo girarse con su sonrisa permanente. Siento su falta y sé que nunca más podré jugar. Y yo sólo quería jugar. Sólo quería llevarlo por el campo, explicarle las cosas, y la perra que le movía el rabo porque era mi primo y mi amigo. Siento deseos de gritar Salomón, Salomón, pero también eso se ha vuelto imposible, como la tierra, como el sol. Y esas tardes, que eran largas y buenas, son ahora largas y me hacen morir muchas veces, momento a momento. Como yo, junto al tronco del alcornoque grande, está el cayado. Abandono en una mano la navaja y en la otra el trozo de rama donde he estado esculpiendo una forma, y miro al sol de frente. Pienso: si el castigo que me condena se cierra en mí, si acepto el castigo que llega y lo guardo, si consigo mantenerlo aquí dentro, tal vez no tenga que soportar nuevos juicios, tal vez pueda descansar. Y, en un instante, todos los árboles que cruzaban el cielo desaparecieron y lo dejaron límpido y lejano. Y toda la combustión del sol se demoró en un calor estático. Y todas las voces del mundo: las voces de las piedras, de las brisas, de los árboles: todas las voces del mundo se callaron. Y, allí donde la tierra termina en los ojos, veo un bulto que surge poco a poco. Es un hombre muy grande y se dirige hacia mí. Es un hombre del tamaño de una casa o de un montón de heno. Es un hombre muy grande, que sólo me mira y anda muy rápido. Y, como una brisa que galopara, está cerca de mí. Se detiene. Distingo su rostro. Me mira. Nos miramos. No aguanto la fuerza de su mirada gigante y vuelvo la cara en un instante y vuelvo la cara en un instinto. Lentamente, al volver la cara, veo que ha desaparecido. En su lugar, sólo el vuelo rápido de los pájaros entre las llamas del sol, sólo la agonía de las piedras, de una brisa hirviente, de los árboles, bajo el incendio de día. Me levanto, me meto los dedos en la comisura de los labios, los junto sobre la lengua doblada, silbo y digo ¡vete!, a la perra, y vuelvo a silbar. Tengo que ir a hablar con Salomón. La perra corre en dos direcciones al mismo tiempo para recoger el rebaño. Tengo que ir a hablar con Salomón. Camino del "monte de los olivos", descanso el cayado en la espalda de las ovejas más retrasadas. Tengo que ir a hablar con Salomón.

El martillo empezó a temblar en las manos de Salomón. El demonio, en la calle, casi apoyado en la pared, sonreía. Y Salomón golpeó media docena de veces con el martillo la pared, pues esas fueron las veces necesarias para abrir el agujero correspondiente a la ventana. Y ningún trozo de escombro acertó al demonio, y ningún grano de polvo perturbó la imperturbable armonía de la camisa limpia, de los pantalones con raya y de la sonrisa. Quieto, sujetando el martillo en horizontal, con la mano izquierda en el extremo del mango y la derecha cerca de la cabeza del martillo, Salomón miraba al diablo. Quieto, con la visera de la boina fijada en los picos poco afilados de los cuernos, que derramaba una pequeña sombra que no llegaba a taparle los ojos, el demonio sonreía y miraba a Salomón. Y todo lo que dijo, y que Salomón entendió, no fue con palabras. Todo lo que dijo fue con aquella mirada suspendida, con aquella sonrisa tentadora. Aquella mirada quieta y llena de formas, que desgarraba a Salomón y lo removía por dentro. Aquella sonrisa que le decía, con un tenue arco de los labios, con un gesto imperceptible y evidente, que le decía tu mujer te está engañando; cuando la miras y piensas que sabes lo que ella piensa, no sabes lo que ella piensa; cuando la ves, no sabes a quien ves; tu mujer te engaña y estás solo, engañando, y todos se burlan de ti. Salomón bajó la mirada y vio a la mujer andando por la cocina, recordó, imaginó a la mujer andando por la cocina, él la veía, ella era diferente. Cuando Salomón levantó la cabeza, vio al diablo alejarse y, sin embargo, su sonrisa y su mirada todavía estaban ante él, dentro de él. El maestro Rafael y el aprendiz entraron cargando la ventana. Como si todavía estuviera inmóvil, Salomón sujetó el escoplo y, golpeando con el martillo de carpintero, ajustó el agujero a las líneas. El maestro Rafael y el aprendiz empezaron a fijar la ventana en la pared. Salomón se disculpó y dijo que tenía que salir fuera. El maestro Rafael le dijo que bebiera un vaso de vino y llamó a la prostituta ciega. Salomón ya no lo oyó. La prostituta ciega entró en la cocina sin saber y sin entender que querían. El maestro Rafael se asomó a la ventana y vio como Salomón se empequeñecía en la extensión de la calle.

Esta es la calle que me destruye y tira de mí. Única y última. Este camino que no es carretera. Este cielo que no trae el silencio, sino que lo grita cuando el silencio es insoportable. Pienso: tal vez yo no sea este cuerpo en que me he convertido, tal vez yo ya no sea esta forma dentro de este cuerpo, tal vez yo sea yo, ya muerto, que sólo sufro, sin voluntad, sólo espero a la muerte que nunca llegará. Y sin embargo, en esta tarde insepulta que une y divide el mundo, atravieso todo lo que yo soy y conozco. Me acerco a ti, Salomón. Avanzo en tus y en mis pasos. Y el cansancio que me atenaza me libera de la imposición de continuar. Salomón. Tus ojos.

Cuando se vieron y se reconocieron, la distancia que separaba a Salomón del pueblo era la misma que separaba a José del "monte de los olivos", y ninguno apresuró el paso. La misma velocidad, ni lentos, ni rápidos, caminaban constantes, como si sólo se vieran mutuamente, como si no se vieran mutuamente. Se acercaban. El sol los llevaba por la misma línea recta. El rastrojo de los trigales, a ras de tierra, los observaba. La corteza dejó de crecer en los alcornoques. Las facciones de sus rostros, a lo lejos, abstractas, diluidas, se dibujaban al mismo tiempo en el rostro de José y de Salomón. Ni despreocupados, ni graves, eran los rostros de dos hombres que se veían, como si fuera la primera vez, pero sin la admiración, sin la sorpresa, sin las palabras inútiles. Se pararon. Los dos pasos que los separaban, exactos: un paso de José y un paso de Salomón: exactos. Los dos pasos que los separaban eran muy pequeños para impedir que cada uno de ellos se creyera dentro del otro, viéndose a sí mismo con los ojos que no eran suyos y por los que veía. Y, en un instante recortado del instante en que también el mundo se detuvo, Salomón miró a José, o José se miró a sí mismo. Y en esa mirada silente y mayor y más fuerte que mil palabras que explican cada palabra de mil palabras, José se habló a sí mismo, o le habló Salomón. Dijo, ¿no es cierto, verdad? Y José dentro de sí, o dentro de Salomón, sintió en un momento que la pregunta resonaba eternamente. José, o Salomón, bajó la mirada. Y, nuevamente distintos, todavía en silencio, Salomón casi sonrió. Se dieron la espalda y se alejaron. Salomón llegó al pueblo antes de que José llegara a la hacienda.

La casa de los ricos permanece. Vacía. Y llena de lo que un día fue esperanza sincera y hoy es mi mirada muerta. La perra me ve pasar y no se levanta. El patio es el mismo después de mí. El jardín, pequeño y amarillo y valiente, no me siente. Rozo una cancela del corral, y las ovejas me miran desde la lejanía amodorrada de sus ojos casi cerrados. Tras los comederos, me quito la camisa. Sujeto la cuerda. La enrollo alrededor del puño. La oigo silbar. Como si fuera un gorrión. Como un gorrión que silbara como una brisa que sopla como un gorrión en primavera. Cambio de mano. La oigo mucho tiempo. Mucho tiempo. Me pongo la camisa. Voy hacia casa. Miro al sol de frente. Estoy cansado. Voy a descansar.

E
ra día de ir al "monte de los olivos" y, a pesar de la boda del maestro Rafael, no quería faltar, como nunca he querido y nunca he faltado. La víspera, el viejo Gabriel me había dicho no importa si mañana no vas. Y era él quien me pagaba, pues hace treinta años, desde que murió el padre de José, que es el administrador. Y, si ese cargo no le proporcionaba prebendas, tampoco le causaba disgustos. No necesitaba contratar gente para las cortezas o para la aceituna, no necesitaba escoger los jornaleros para la siega, pues hacía treinta años que eran los mismos, con la misma fuerza, con el mismo trabajo consumido en sudor; y, si por casualidad alguien moría, era sustituido por su hijo la temporada siguiente. Tampoco necesitaba hacer cuentas de dinero, porque hacía treinta años que los mismos hombres venían los mismos días fijos, compraban las mismas arrobas de corteza, el mismo peso de trigo y de aceitunas, pagaban lo mismo que los años anteriores y, más tarde, entregaban la misma porción de harina y los mismos alqueires de aceite que se guardaban en la despensa con vistas a la posibilidad de que los hijos del doctor mateus quisieran aparecer por la hacienda. Y todos los años se vaciaban las tinajas de aceite viejo y se llenaban de aceite nuevo, y todos los años los sacos de harina nueva ocupaban el lugar de

los sacos todavía cerrados de harina vieja. No importa si mañana no vas, me dijo el viejo Gabriel. Pero tenía que ir, como siempre tengo que ir, día sí, día no, hasta el fin de mi vida.

Y esa mañana, ya había bañado a Salomón y a mi madre, ya había vestido a mi madre, y estaba planchando la camisa blanca, para quitarle las arrugas de estar guardada y el olor a polilla, y Salomón revoloteaba descalzo por la casa en calzoncillos y camiseta. Rumiaba hojas de menta entre los dientes y hablaba alto. Con un ramito de albahaca detrás de la oreja, decía el maestro Rafael esto, el maestro Rafael aquello. Y pasaba junto a mí, ordenaba las sillas que ya estaban ordenadas, se lavaba las manos en la palangana, nervioso como si fuera él el novio, más nervioso que si fuera él el novio. Dejé la plancha, y él se acercó inmediatamente y empezó a vestirse. Y todo tenía un orden: después de la ropa interior, los calcetines, porque quedan debajo de los pantalones; después la camisa, porque queda dentro de los pantalones y bajo la chaqueta; después los pantalones y el cinturón sujeto sobre los faldones estirados de la camisa y los calzoncillos limpios; después los zapatos; después la chaqueta. Y este orden, natural, lógico, sólo era seguido por Salomón en días como aquél, especiales, como si esos días jugara a ser rico y a ponerse todos los días chaqueta y a no tener otra cosa en que pensar, salvo en su ritual diario y lógico de ponerse la ropa por orden y que eso fuera un rasgo distintivo de su esmero y elegancia. Y mientras Salomón estiraba un brazo dentro de la manga de la camisa, despacio, sintiendo el calor agradable y la suavidad blanca e incorrupta, despacio, imaginando heredades y trigales, me agaché en un rincón. Metí la mano dentro de un zapato, eché un borrón de grasa en la punta y le pase un paño con toda mi fuerza. Al cambiar de zapato, le miré directamente, sin peligro de ser sorprendida, porque Salomón se abotonaba con la cabeza levemente inclinada hacia atrás y los párpados cerrados. Los zapatos estaban frente a mí negros y brillantes, y esperé a que Salomón acabara de ajustarse el cinturón. Lentamente, con movimientos nobles, se pellizcó los pantalones por la raya y se sentó en una silla estirando los pies. Solté los cordones del zapato derecho e intenté ponérselo. Le quedaba muy prieto. Fui a buscar un calzador. Lo coloque entre el tobillo y el zapato. Hice toda la fuerza que pude. Hice toda la fuerza que pude. Creo que me puse colorada. Y no lo conseguí. Estaba muy prieto. Me paré un poco a pensar y Salomón, lejos ya de las heredades y de las casas ricas donde se había imaginado, apuntó con el brazo hacia la caja de herramientas. Busqué y saqué el martillo de carpintero. Coloqué de nuevo el calzador, y di tres o cuatro martillazos en el tacón del zapato. Hice lo mismo en el otro pie. Salomón se levantó y avanzó con un andar atontado hasta la chaqueta. Se la puso y no volvió a imaginarse rico y elegante, de tanto como lo ataba a la realidad la estrechez de los zapatos.

No pasaron diez minutos y ya estaba vestida. Fui a buscar a mi madre que estaba sentada, como una mocita huérfana, con su vestidito de terciopelo rojo y sus medias de punto hasta las rodillas, como una muñeca sola. Cerramos la puerta y nos fuimos hacia la capilla. El sol era un sol dentro de un horno. Llevaba a mi madre de la mano por un resquicio de sombra pegada a la pared. Salomón, en medio de la calle, intentaba acompañarnos con el andar desmañado de alguien que está constantemente subiendo y bajando escaleras. Mi madre, indiferente al sol y a la mañana y a las calles que parecía ver, repetía las palabras que repetía siempre. Susurrando a gran velocidad, decía más de cinco palabras a cada paso. Y las mujeres más viejas se sorprendían al verla y decían, mira, ahí viene la cocinera viuda; y se juntaban por parejas delante de ella, para hablar con ella, y mi madre no les miraba, porque miraba hacia abajo, y seguía siempre con su historia, siempre, las palabras; y las mujeres, en coro o de una en una, decían pobrecita, y nos dejaban seguir. Cuando llegamos al atrio de la capilla, sólo estaban allí el maestro Rafael y la prostituta ciega. Ella estaba agarrada del brazo de él y sudaban dentro de las ropas. Él llevaba un traje negro de invierno y una camisa de franela gruesa. Ella llevaba un vestido simple y un delantal blanco con un bolsillo en medio y un bordado de colores por abajo.

La misma noche que el maestro Rafael la pidió en matrimonio, la prostituta ciega se acordó del delantal que su madre le había bordado. Días después, lo sacó del baúl donde estaba mezclado con mantas. Lo sintió y lo olió. Se pasó lentamente el delantal por la cara. Y, sola, sonrió como había sonreído más de veinte años atrás, todavía niña, cuando se lo dio su madre, diciendo un día te casarás y te hará falta. Y su madre, al dárselo, no había sonreído, como no sonrió su abuela, como no sonrió su bisabuela antes que ellas, porque todas sabían que no había hombre que quisiera casarse con una mujer así. Y, después de acabar el delantal para las hijas, sin que fuera una tradición instituida, sino apenas porque se acababa la esperanza, todas habían destruido el delantal que sus madres les habían hecho. Y la prostituta ciega conseguía aún acordarse del sonido de la tijera cortando, del sonido silente de la aguja y del hilo al atravesar el tejido. Y quien viera el delantal no podría imaginar que estaba hecho y bordado por una ciega, dada la exactitud del corte, dada la precisión de las letras bordadas: las letras que habían sido hechas a partir de un pañuelo que el abuelo del doctor mateus le había regalado a la bisabuela de la prostituta ciega, las letras que habían sido escogidas por las largas vueltas de la *l* y por la manchita aislada de la *i*, y que decían loza. Cuando Salomón y su mujer y la cocinera viuda llegaron al atrio de la capilla, la prostituta ciega y el maestro Rafael estaban cogidos del brazo, esperaban, y ella pasaba la mano discretamente por el delantal, asegurándose de que no tenía ninguna arruga. Salomón se apresuró en el andar vacilante de los zapatos prietos. El rostro del maestro Rafael rejuveneció. Intercambiaron algunas palabras, como si intercambiaran un alivio común, y presentaron a sus mujeres. Simultáneamente, en silencio, la prostituta ciega y la mujer de Salomón apretaron los labios, mudas, ciegas. Bajo el sol, los hombres siguieron hablando hasta que la sonrisa del demonio llenó el atrio. Sonreía, y se paró en la puerta de la capilla revolviendo en los bolsillos de los pantalones en busca de la llave. Cuando la encontró, la metió en la cerradura y la giró con gran esfuerzo, venciendo la herrumbre. Las bisagras gimieron un suspiro y los zapatos hacían crujir gruesos granos de polvo contra el suelo. La prostituta ciega del brazo del maestro Rafael, y la cocinera viuda de la mano de su hija y detrás de Salomón, lo siguieron. El sonido de la muleta y de los pasos se dirigió al altar. Y en posición silenciosa asistieron a los preparativos del demonio. La cocinera viuda estaba detrás del maestro Rafael y la hija estaba detrás de la prostituta ciega, pues eran sus madrinas; Salomón estaba en el centro, porque era el padrino de los dos. Ya sin la boina y con la capa puesta, el diablo sopló el polvo del libro negro, sonrió y se acercó. Y, de dentro de su sonrisa, sonaron las palabras. Los novios y los padrinos al principio intentaron entenderlas, pero desistieron tras algunas frases, porque nunca las habían oído y no las conocían. Y las palabras del demonio se sobreponían a las palabras impacientes de la cocinera viuda, repetidas, repetidas, susurradas en el eco. Las paredes sostenían telas de araña, abrumadas por el peso del polvo, que oscilaban cuando el demonio hablaba más alto. Los santos, con las caras atravesadas por profundas grietas, miraban consternados. A un lado, dentro de una urna de vidrio salpicada de cagadas de moscas y con chorretones de cera seca y quieta, había una mano enorme, arrancada por el puño, sujeta por alambres, con los dedos detenidos en el gesto de querer coger algo. Estaba allí desde hacía muchos años. El mismo día en que desenterraron el ataúd para ocuparse de los huesos y encontraron la mano intacta, el demonio mandó hacer la urna de cristal y empezó a difundir la noticia de que habían encontrado a un santo. La tierra había caído sobre el ataúd y, entre los huesos que había mezclados en el fardo hecho con una sábana, estaba la mano incólume. Era la mano del gigante. El demonio la lavó, disimuló con polvo de arroz las marcas de las dentelladas de los perros, cortó con una tijera algunas venas largas que salían del puño y la sujetó con alambres dentro de la urna. Encendió velas y dejó la puerta de la capilla abierta durante una semana. Como no apareció nadie, volvió a cerrarla, sopló las velas y se desinteresó. Y allí quedo y allí estaba, tan indiferente al mundo como a la boda, iluminada por la sombra azul de una pequeña vidriera. Y, llegada la hora de las alianzas, de nada le sirvió al maestro Rafael tener brazo izquierdo, pues no tenían alianzas. El diablo pasó entonces a los síes, que no se oyeron, y les mandó firmar. Firmaron todos con una cruz y Salomón, que era padrino de los dos, firmó en un lado con dos rayas cruzadas en diagonal y, en el otro, con una raya vertical cruzada con otra horizontal. A la salida, Salomón y el maestro Rafael reían. Nadie los esperaba en el atrio. El maestro Rafael acertó mal con la muleta en uno de los escalones de la capilla y cayó escaleras abajo. Salomón lo levantó, le sacudió la rodilla y el codo del traje. Tímido, ¿seguro que está todo bien?, Salomón dio dos pasos atrás, acercándose a su mujer. Casi sin despedirse, los novios se fueron por la calle que les llevaba a casa: de la mano, el maestro Rafael se bamboleaba en la muleta, la prostituta ciega con la cabeza desencajada sobre el cuello. En silencio, Salomón, su mujer y la madre de su mujer se fueron también a casa. La cocinera viuda iba por la sombra, de la mano de su hija. Salomón iba descalzo, con los zapatos en la mano.

Cuando llegué al "monte de los olivos", el viejo Gabriel se acercó a mí sorprendido. Ayer, te dije que no hacía falta que vinieras. Y realmente, así había sido. Le llevé un vaso de agua al patio, mi madre giraba la rueda infinita de sus historias, él parecía oír y me dijo no importa que mañana no vayas. Pero fui. Sabía que tenía que ir. Desnudé a mi madre, le quité el vestido de la boda, guardé el vestido, la vestí, guardé la ropa de Salomón, me desnudé, me vestí, le calenté la sopa, le di la sopa a mi madre, me puse el pañuelo alrededor de la cabeza y me fui. Ayer, te dije que no hacía falta que vinieras. No respondí. Y, sin prestar atención a las preguntas que me hacía sobre la boda del maestro Rafael, miré hacia la casa de José. Estaba cerrada. Las ventanas cerradas. El viejo Gabriel se dio cuenta y también detuvo su mirada. Antes de que dijera nada, seguí. Entré en la casa de los ricos, y el fresco de las salas y de los corredores protegidos por paredes antiguas y gruesas no fue capaz de sacarme del cuerpo el fuego de aquel sol que me consumía. En la cocina, me acerqué al fregadero de piedra y me eché agua sobre el pecho a manos llenas. Con los ojos cerrados, me eché agua sobre el pecho a manos llenas. Y me acordé de cuando era pequeña. Me acordé de cuando tenían seis años, pequeña, y me pegaba a mi madre, fingiendo que ella me abrazaba. Me acordé de haber oído decir a la gente se crió sola. Sola. Sola. Y esto, mezclado con el rostro de José, era un dolor sucio dentro de mí. Dentro de aquella casa enorme y oscura, yo pequeña dentro de mí enorme y oscura. Yo, con seis años, y las mujeres que me dejaban escudillas de caldo en la puerta, y mi mirada salvaje que aparecía y se escondía. Se crió sola, decían. Supe más tarde, me lo contó el viejo Gabriel sin que yo se lo preguntara, que durante tres años no comí, durante tres años sobreviví exclusivamente de la grasa que tenía en el cuerpo. Supe eso una tarde, sin que yo se lo preguntara, cuando llegó para visitar a mi madre, y me lo dijo así, como si fuera natural. No le pregunté, pero él me contó más, me dijo que, cuando ya se me veían las costillas y los huesos de la cara, empezó a traerme brazadas de hortalizas y cebollas y patatas y ristras de ajos y garrafas de aceite. Y yo, casi con cuatro años, pelaba y cocinaba y comía y lavaba la loza. No le pregunté y prefería no saber, pues nunca he olvidado lo que fue para mí no tener a nadie. La soledad. La casa vacía y grande, oscura por la noche. Mi madre sola delante de mí, repitiendo sus palabras, siempre, siempre, como una brisa que soplara siempre, siempre, como un gemido, como palabras que no fueran palabras, como cualquier otra cosa que tuviera forma de palabra y se repitiera siempre, como un dolor. Sí, como un dolor. Los perros ladrando, los pájaros, las voces, distantes, más allá de las paredes. La habitación negra y, al otro lado, casi imposible de distinguirlos de una brisa, los ruidos silenciosos del hombre que escribe encerrado en una habitación sin ventanas: la pluma de plumilla moviéndose sobre el papel, clavándose súbitamente o rasgándolo en un instinto; soplos débiles sobre la tinta; hojas que colocaba lentamente sobre otras hojas, hojas que arrugaba y que hacían en el suelo el ruido de cáscaras de huevo vacías. Las sombras. El sol de la mañana en el patio. Y esto que es poco lo fue todo para mí hasta el día en que conocí a José. Su mirada. Y, allí, en la casa de los ricos, volví a llenarme las manos de agua y a echármela al pecho. Y, mientras intentaba sentir alguna frescura, oí la voz que está encerrada en un baúl, a lo lejos, sola. Avancé lentamente, en silencio. En el corredor principal, me senté. Aún le oí decir: la soledad, la muerte.

Mis manos. Mis brazos. El sol. Siento mis brazos abiertos al sol que me inunda, que me traspasa y que soy. Siento mis manos clavadas en la luz que se desliza, que se escurre, que entra dentro de mí, como un río vertical. Siento la mirada de ella como este sol. Mis manos. La mirada de ella. El sol. Y sé que mis manos están quietas y silenciosas e inútiles y muertas. Sé que la mirada de ella no me ve. Sé que el sol me derrota. La habitación. La cama. Pienso: el lugar de los hombres es una línea trazada entre la desesperación y el silencio. Y, de nuevo, la mirada de ella. Dibujada a fuego en el interior de lo que en mí es imposible. Como si las palabras que nunca le he dicho salieran ahora de este sol para arder en mi piel. Como una tempestad de voces. Como láminas disparadas dentro de mi cuerpo. En esta luz, las palabras que nunca le he dicho. Este sol que es mis ojos ciegos y yo los sé ciegos. Y, de nuevo, la habitación. El negro más allá de mí, que no veo y que veo, porque sé que existe y sé que su sombra me espera. Y los ojos de ella están también en esa oscuridad, solitarios, abandonados.

Poco a poco, me levanto. Siento mis manos, siento la habitación negra en mis ojos. Es por la mañana, en este día. ¿Cuánto tiempo habrá pasado bajo el sol? Nadie lo sabe. Los días pasan. Pienso:

un día puede ser mil años. Pienso: nadie sabe con seguridad si ha pasado un año, o mil años, o una hora rápida, en un día que ha pasado. Poco a poco, me levanto. Siento mis piernas, siento el suelo. Abro la puerta. Arrimada al fuego, mi madre viuda. El destello negro de su rostro gastado y sereno. Me siento delante de ella. El calor suave que avanza desde las llamas me envuelve lentamente y quiere sujetarme con los mismos brazos con los que agarró a mi madre. Mi madre viuda. No nos miramos y, sin embargo, nuestras miradas se encuentran en el fuego. Entre las brasas, nuestras miradas detenidas se miran como si fuera la primera vez que lo hicieran realmente. Con timidez, sobre la llamita de una leña joven, se tocan lentamente. Tienden las manos. Sienten la piel del otro en su piel. Y los rostros de nuestras miradas, sobre el fuego e indiferentes al calor, son suplicantes. Se miran. Se miran. Y entienden los dolores que explican. Mirándose. Y, en un instante fuera del tiempo, se acercan, lentamente, como dos árboles que se aman, lentamente, y se abrazan. Madre e hijo. Levanto la cara. La mirada de mi madre permanece. Me libero de la red que el calor ha tejido a mi alrededor. Abro la puerta de la calle. El rocío seca la paja de las hierbas. El sol se levanta de la tierra. Lo miro de frente.

Antes de salir para el trabajo, Salomón se entretuvo mirando a su mujer. Como si desconfiara, dejó la cuchara en el pote del café y le miró. Ella, de aquí para allá, se encargaba de la comida de la madre, mirando apenas lo que iba a tocar después. Salomón volvió a revolver el café y se fue hacia la serrería. Parecía desconfiado y no desconfiaba de nada. Sólo una semana después, a la hora de acostarse, se dio realmente cuenta. Su mujer se desnudó, él le miró distraído, le miró después con atención, le dijo ven, y le colocó la mano en la tripa. Le miró a la cara y ella casi le miró. La cocinera viuda, como una difunta que hablara, dormía y susurraba su historia sin fin en un rincón de la cama. Despacio, le quitó la mano de la tripa, sintiendo todavía aquel bulto, todavía con la forma de aquella pequeña meseta en la palma de la mano y en los dedos levemente curvados. Intentó darle un beso, pero no se lo dio, aunque nunca hubiera tenido, ni volvería a tener, una oportunidad que lo justificara tanto. Inmóvil, la vio ponerse el camisón, iluminada apenas por la luz torva del quinqué de petróleo.

A la mañana siguiente, despertó antes de que naciera el día y fue el primero en llegar a la serrería. Cuando oyó el ruido de la muleta del maestro Rafael, corrió hacia él, y todavía no le había dado los buenos días cuando le dijo voy a ser padre. El viejo Rafael, que en aquella época, entusiasmado con el próximo nacimiento de su hijo, era como un chaval alegre, le dio unas palmadas en la espalda y sonrió. Y, dentro de esa sonrisa extasiada, recorrieron juntos los metros que los separaban del portón. Trabajaron toda la mañana. Sólo un poco antes de la hora de comer, el maestro Rafael volvió a acercarse a Salomón. Dio orden al aprendiz de que se fuera a casa, deshizo la sonrisa y, entre la niebla de serrín que era el aire de la carpintería y que se asentaba poco a poco, dijo estoy preocupado. Compartiendo, instantáneamente, la preocupación, Salomón le miraba, expectante. Y el maestro Rafael le contó que por la noche, al dormirse, ponía la mano sobre la barriga de la prostituta ciega y ni una patada, ni un movimiento sutil. Y se quedaba despierto escuchando cada gemido de la noche. A veces, dentro del insomnio, le parecía sentir algo, pero cuando centraba todos sus sentidos en la mano, dejaba de sentir otra cosa que la piel inmóvil, e incluso la memoria de ese instante se deshacía incierta como un hilo de polvo. Por la mañana, ella se escapaba de él avergonzada. Y su tripa de ocho meses no era más que un altito inerte.

No sé si es el silencio lo que me tortura. La acuciante angustia del silencio. La perra pasa junto a mí, vieja, me mira y no siento su mirada. En silencio, abro los alambres de la cancela y no siento en las manos más que el silencio y su textura vacía, su vacío que se pega a la piel. No sé si me he vuelto loco. Todo lo que deseo es imposible en este silencio. Querría ahora sentirme nacer. Pero continúo. Sigo tras las ovejas, sabiendo cada movimiento suyo y sintiendo todo su agotamiento. Y muero despacio. Me desvanezco en cada gesto de este mundo que no me puede ofrecer nada más. Me he convertido en una sombra de mí. Me he convertido en una sombra de una sombra de una sombra de mí. Me desvanezco en el tiempo y en el silencio. Pienso: el lugar de los hombres es una línea trazada entre la desesperación y el silencio. Muero despacio.

El maestro Rafael y Salomón se separan en las calles que los llevan a casa. A aquella hora, los esperaba la comida entre la mirada huidiza de sus mujeres. Hasta la puerta de la casa, bajo el mismo sol, el maestro Rafael pensó en la alegría ingenua de Salomón, y Salomón pensó en la angustia del maestro Rafael. Entraron en casa al mismo tiempo. Sintieron que la sombra les cubría la piel de una frescura, que era una molestia para el maestro Rafael, que era un consuelo para Salomón, y volvieron a pensar en sí mismos. Salomón se sentó. El maestro Rafael dejó la muleta en la mesa y se sentó. Los platos estaban colocados uno frente al otro. La prostituta ciega se movía por la cocina a gran velocidad, escurriéndose entre los movimientos rápidos que la cabeza del maestro Rafael hacía al intentar acompañarla con su ojo izquierdo muy abierto. La mujer de Salomón, leve, corría entre la cocinera viuda y el fuego, removiendo el agua y la sopa que hervía dentro de un puchero, acomodando a su madre en la silla. Al mismo tiempo, una y otra colocaron la comida en el centro de la mesa; al mismo tiempo, una y otra se sentaron. La mujer de Salomón empezó a llevar cucharadas de caldo a la boca jadeante de su madre. La prostituta ciega empezó a comer serenamente. Al mismo tiempo, Salomón y el maestro Rafael abrieron la boca para decir algo; y al mismo tiempo suspendieron las palabras que no llegaron a decir y tragaron la primera cucharada de sopa.

Miro al sol de frente. El tronco del alcornoque grande se funde lentamente con mi espalda y me transforma en madera. La tierra se funde lentamente con mis piernas estiradas y me transforma en tierra. Miro al sol de frente. Mi mirada es de sol.

El maestro Rafael y Salomón miraron a sus mujeres en el mismo instante y cerraron la puerta. Las botas de Salomón en el suelo, dando patadas a una piedra aquí y allá. La muleta y la bota del maestro Rafael en el suelo, escogiendo las veredas y los dibujos de polvo entre las piedras. La luz hervía sobre la piel. El maestro Rafael se arregló la boina. Salomón se arregló la boina. Poco a poco, algo se apagó y algo se encendió dentro de uno y de otro. El maestro Rafael empezó lentamente a recordar la alegría ingenua de Salomón. Salomón empezó lentamente a recordar la angustia del maestro Rafael. Y, como si lo esperaran, se encontraran en el punto en que se encontraban las dos calles. No hablaron. Y siguieron, uno junto a otro, hasta la serrería.

L a madrugada. La hierba se yergue lentamente. Los murmullos distantes, más distantes que otros días, despertando
como un viejo muy viejo que resucita con su poca fuerza.
Era sábado. Era un día diferente y especial porque era sábado.
El sol, bola de fuego, se levantó a ras de suelo, más tarde que
otros días, derramando un río incontrolable de llamas por las
calles y por los campos, quemando lo que había ahorrado la víspera.
Era verano. En todos los rincones crecía una luz que sólo los
niños veían. Una luz suave que el sol iluminaba. La madrugada
se convertía gradualmente en una mañana dibujada en el aire y
en los ojos atentos de los pájaros. El cielo era un lugar límpido
que apenas se miraba y donde no era imposible sumergirse.

Primero eran apenas unos gemidos amordazados en la
almohada, leves, ahogados en el fresco que todavía llenaba la
habitación de una oscuridad translúcida. Después, cuando la
prostituta ciega pensó que habían pasado y se apoyó descansada,
cerrando los párpados con un suspiro, la atacó una nueva y más
fuerte corriente de dolor o de ansiedad, y el día nació, y el maestro
Rafael se despertó. Le miró asustado. Despeinada y casi fea, como
un estorbo. Le miró asustado, sin saber qué hacer. Por la noche,
se había librado de la sábana con las piernas, y estaba enredada

a los pies de la cama, como un cuerpo inútil. El maestro Rafael se levantó, se visitó y, todavía asustado, volvió a mirarla. Sobre el hueco del colchón y sobre la sábana bajera, que tenía largas arrugas, estaba la prostituta ciega. Con la tripa hacia arriba, con todo el cuerpo contraído para poder mantener la tripa derecha, con la espalda curvada en un arco que casi la partía y apoyada en dos almohadas duras, con las piernas torcidas y abiertas sin pudor. El maestro Rafael miraba y no veía nada de eso. Pues, al mirar, apenas veía el cariño que recordaba. Veía un rostro, pequeño y limpio, que no era aquel que sudaba; veía unos gestos deliciosos y tímidos que no eran aquellas muecas descompuestas. Como si hubiera cerrado su ojo izquierdo por un momento, el maestro Rafael salió de la habitación, fue a la cocina y volvió al cuarto con un pote de café en la mano. Lo tendió a la prostituta ciega y dijo no puedes estar sin nada en el estómago. Saliendo de los dolores, como si lo pudiera ver, ella giró la cara en dirección a la mirada de él y recibió el pote don las dos manos. Se lo llevó a los labios en silencio. El primer trago, largo, fue un largo momento de serenidad. Pero aún no había bebido todo el café, quedaba un fondo acastañado en el pote, cuando sin palabras se precipitó hacia adelante, dando apenas al maestro Rafael el tiempo necesario para colocarle la palangana delante de la boca. Y allí se quedó. Con el lado derecho del tronco y el pequeño muñón del brazo apoyado en el hombro de la prostituta ciega, con el brazo izquierdo sosteniéndole la palangana dentro de la boca. Sin poder hacer más, el maestro Rafael se quedo quieto entre los gritos que ella emitía al vomitar. Cuando acabó, le limpió los labios con una toalla y no se fijó en la sangre que se coagulaba dentro de la palangana, mezclada con el café.

En el tiempo que iba pasando, como una niña que deja de ser niña, la mañana dejaba lentamente de ser mañana y se transformaba en un brasero que hacía estallar la tierra desde dentro. El maestro Rafael, apoyado en la ventana, miraba por la pequeña rendija abierta de la puerta, veía el patio y recordaba el jardín de flores y árboles o la huerta de berzas que había imaginado. Y allí, dentro de él, le parecía que aquel jardín que sólo había imaginado era todas las cosas que podía haber hecho. Y los gemidos de la prostituta ciega, que aumentaban de intensidad, o que le parecían más fuertes y más próximos, eran una cadencia que lo angustiaba. Mirando por la rendija de la puerta, como si su cuerpo se convirtiera en su mirada y desapareciera dentro de la tierra, el maestro Rafael repetía naranjos injertados con limoneros, melocotoneros injertados con damascos, parras, berzas, canteros de flores creando coloridos dibujos, jaros, malvas. Y ésta era una ilusión infantil que gritaba en silencio para convencerse de que podía cumplir lo que había imaginado; que gritaba, aunque una voz íntima lo negara; que gritaba para no oír esa voz frágil, casi moribunda, que le decía no has hecho nada, que le decía lo sabías todo y no has hecho nada, esa voz moribunda y pétrea que le decía estas cosas, si encontraba por un instante un silencio en la oscuridad de su interior.

Alejándose de la ventana, se acercó como si la encontrara. Cogió una silla y se sentó junto a la cama. Mirándose la mano, su movimiento detenido, la posó en la tripa. La prostituta ciega quiso sonreír. El maestro Rafael no sufrió, como había sufrido durante algunas noches, la angustia del miedo. Sintió, acordándose, una alegría infinita que crecía en él, igual a la que sintió cuando supo que iba a ser padre. Iba a ser padre. Y esa certeza, que por momentos había olvidado, se convertía en la única certeza. Y le brillaba en la mirada. Y los gemidos de la prostituta ciega, que antes lo angustiaban con un terror frío, se convirtieron en un sonido natural y casi agradable y casi apaciguador. Iba a ser padre. Y su mano, posada en el vientre de la prostituta ciega, le decía todo esto, la reconfortaba y así hablaban. La tarde pasó larga, como una vida.

Y, cuando los pájaros, liberados de la hora del calor, empezaron a volar sobre el patio en el fresco que el día apenas era, cuando la criatura ciega contrajo el rostro y tuvieron la certeza de que la criatura iba a nacer, eran ya viejos y todavía se querían más.

El maestro Rafael se levantó y, con la muleta, como si no tuviera muleta, corrió a abrir la ventana. Y fue a buscar dos toallas nuevas y un barreño lleno de agua y un barreño vacío. Por mutua vergüenza, que no necesitaban decir para saber que la compartían, no llamó a nadie. La luz se apagaba en la ventana y el maestro Rafael encendió el quinqué de petróleo. La prostituta ciega sentía un cuerpo como una lámina, que la desgarraba, que la dividía, que la rompía, como si su tronco y su cuello y su cabeza se fueran a abrir por la mitad y permanecieran así: heridos en carne viva. Y hacía fuerza con toda la fuerza que tenía, como si quisiera arrancar un árbol por la raíz o mover el mundo un palmo. Su piel estaba morada y arrugada. Su rostro era el sufrimiento. Las aguas se rompieron sobre la sábana arrugada de la cama, pues el maestro Rafael no había tenido tiempo de tender el barreño. Y la criatura empezó a nacer exactamente en el instante en que el día bajaba sobre la tierra y en que la noche era todavía el cielo. Salió la cabeza. El maestro Rafael, porque sabía que era así, con dos dedos, tiró de ella por el paladar. Nació. La agitación pasó como algo de lo que ya nadie se acuerda. Con la criatura en la mano, todavía sucia de sangre, el maestro Rafael le miraba. Era una niña. Su hija. Era ciega de los dos ojos. No tenía brazo derecho. Le faltaban las dos piernas. No lloraba. No se movía. Estaba muerta.

Y el cuerpecito pequeño de la niña le cabía en la mano. El pulgar y el meñique envolvían su pecho. Los otros dedos le protegían la cabeza que colgaba del cuello. Y aquel peso que sentía en el brazo era el peso de su vida muerta. Le miraba. La observaba. Y su rostro de criatura, iluminado por las sombras de su nariz, de sus labios, de las cuencas de los ojos, era como si le dijera su propia muerte. Y el maestro Rafael era una oscuridad inmensa. Atravesado de oscuridad y de luto. Y, despacio, levantó la cabeza para ver a la prostituta ciega. Y ella, tumbada sobre las almohadas, con los brazos extendidos y las manos abiertas, tenía el camisón atravesado por líneas de sangre en el lugar de las cicatrices. Serena, sin arrugas en la cara, como si durmiera. El maestro Rafael acomodó a la niña sobre la cama. Avanzó hacia la prostituta ciega. Le puso la mano abierta en el pecho. La piel cansada, caliente. La sangre le cubría los dedos. Le puso la mano en la cara. La piel. Y sintió la imagen de su rostro, como ella había sentido hace mucho tiempo la imagen del rostro de él. Y los dedos se deslizaban por el sudor, dejando un rastro de sudor y sangre. Levantó el brazo y esperó que la forma del rostro se disolviera en su mano. El dolor: un silencio de entendimiento sobre todos los gestos, un abismo que callaba el significado de todas las palabras, un velo que hacía el tiempo inútil. La mujer que incluso amaba, que incluso amaba, y que no era ya nada en el mundo. Y la soledad era un cielo mayor que la noche y donde no había más que noche y frío, era un lugar negro que la mirada veía. Inclinado sobre la muleta, el maestro Rafael buscó el chal había sido de la prostituta ciega de pequeña, y que había sido de su madre, y que había sido de su abuela. Era un chal blanco, de lana, suave, con rayas sucias por el tiempo. Estaba guardado en un pequeño baúl, entre las cosas preciosas: el delantal de boda, una chaqueta de punto, un pañuelo con flores estampadas. Lo sujetó, se acercó a la niña y la envolvió muy bien en el chal. La apretó contra el pecho y la dejó entre los brazos de la madre. Las tapó con las sábanas hasta los hombros. Las miró por última vez y salió.

La noche. Era una noche después del silencio porque era de un silencio más profundo y total. Los pasos del maestro Rafael, indistintos del negro, no se oían. Las casas, con las ventanas y las puertas cerradas, sin luz, desiertas, eran figuras mudas de piedra que lo acompañaban por un instante y que, después, quedaban atrás, como perdidas, como abandonadas. Venciendo el cansancio, una vez, otra vez, nunca definitivamente, el maestro Rafael avanzaba. Su cuerpo, como un árbol muerto, o una mañana muerta, o un pedazo de muerte verdadera, avanzaba. Le temblaban los labios. Por su pecho bajaba una corriente de sudor. En silencio, una brisa pasaba a ras del suelo. Una brisa que no se sentía. El rostro de la niña. El rostro de la prostituta ciega. El maestro Rafael se acordaba. Y cada imagen dentro de él era una imagen de su soledad. Infinita. La noche de la mirada del maestro Rafael, más allá del silencio, era un pozo de agua limpia, donde los niños habían jugado durante el día, habían tirado piedrecitas, habían imaginado barcos en los trozos de ramas, sin miedo; era un pozo de agua limpia y ennegrecida, un pozo solo, en una huerta lejos del pueblo, en una noche sin luna, sin estrellas, eterna. El rostro de la niña. Mi hijita. El rostro de la prostituta ciega. Fuiste mi certeza y te perdí. La noche. El maestro Rafael avanzaba. Al fondo, imaginada entre el negro opaco, apareció la serrería.

Metió la mano hasta el fondo del bolsillo y encontró las llaves. Abrió el portón que, por primera vez, no hizo ni un solo ruido: ni herrumbre, ni polvo, ni piedras en el suelo, ni tablas. En la oscuridad completa, caminó sin tropezar, sabiendo el sitio de las cosas que tenían sitio y el sitio de las cosas desordenadas, rascó una cerilla y encendió el quinqué de petróleo. Era un quinqué viejo, con la chimenea negra, que se usaba en invierno cuando anochecía demasiado pronto, y que quedaba olvidado el resto del año, tras una caja de clavos torcidos, empapando de petróleo la cerradura que reposaba encima. Muy despacio, se dirigió a la mesa del centro de la carpintería y colocó allí el quinqué. Siguió hasta la ventana. La abrió. El canto silencioso de los grillos llenaba toda la amplitud de la noche con su ausencia. Como si mirara al cielo, el maestro Rafael vio a la niña envuelta en el chal entre los brazos de la prostituta ciega. Madre e hija. Se paró para verlas. Dormían y nadie podía hacerles daño. Cerró los ojos. Abrió la mano y sintió el rostro de la prostituta ciega. La piel. El pelo húmedo de sudor. Y supo muy hondo que estaba muerta. Sin mirar hacia atrás, avanzó de nuevo hasta la mesa que había en el centro de la carpintería y se sentó en un extremo. Miró a su alrededor. El banco que había sido de su padre. Las herramientas ordenadas de manera precisa como él acostumbraba a ordenarlas. Su padre trabajando y enseñándole. Con paciencia. Enseñándole. Con una expresión simple y satisfecha en los ojos. Sin que hiciera ruido al caer, el maestro Rafael tiró la muleta delante de sí. En el suelo, como un objeto inútil. Y levantó el brazo. Miró la mano delante de la cara. Una mano gruesa. Como la mano de su padre. En la palma de la mano y entre los dedos, sintió el peso del cuerpecito de la niña. Mi hijita. El pecho enjuto. La cabecita muerta. El rostro de la niña. Cogió el serrucho y lo apoyó en la pierna. Hizo coincidir los dientes del serrucho con la línea de la ingle y empezó a serrar. La tela de los pantalones se rasgó al mismo tiempo que la piel. La lámina del serrucho se le hundía en la carne. El maestro Rafael mantenía el brazo firme y la mirada seria, como si serrara una tabla recta. Y no hubo más que un ruido sordo cuando serró el hueso. La sangre se escurría por la superficie de la mesa. La pierna cayó junto a la muleta, también ella como un objeto inútil. El rostro de la niña. Mi hijita. El maestro Rafael estiró el brazo, cogió el quinqué y lo tiró al suelo. Las llamas subieron por las paredes. Y esa noche, esa noche, las llamas llegaron al cielo.

Abrí los ojos. Oí los gritos en la calle como si no los quisiera oír. Cuando llamaron a la puerta con las palmas de la mano, me levanté en calzoncillos. Entraron sin que les dijera que entraran. En la cocina, iluminada por la luna pequeña que asomaba por la puerta abierta, en penumbras, como fantasmas de caras largas y blancas, como fantasmas de ojos descarnados y brillantes, dijeron la serrería está ardiendo. Dejé de mirarles, como si no hubieran dicho nada, y entré en el dormitorio. Rasqué una cerilla y su explosión fue lenta en el aire. Encendí el quinqué de petróleo. Mi mujer se sentó en la cama. Callada, la tripa formaba un bulto redondo bajo las sábanas. De cara a la almohada, que le ahogaba las sílabas que moldeaba al respirar, la cocinera viuda parecía en silencio. A través de la pared, se oía el sonido de la pluma de plumilla del hombre que escribe encerrado en una habitación sin ventanas. Era el sonido de movimientos imprevistos, impulsivos, de rabia. Para quien no lo conociera, podría parecer el sonido de rascar. Pero no, era el sonido de escribir. Me doblé para meter las piernas, primero la derecha, luego la izquierda, en los pantalones. Me abotoné la camisa. Con la cara sobre la chimenea del quinqué, miré a mi mujer, que no desvió la mirada.

Desde la cocina, llegaban las voces graves y nerviosas de los hombres. Soplé la pequeña llama del quinqué.

Sólo en la calle, ya a más de medio camino, el frío repentino de despertar y que fuera real me sacudió. El súbito reconocimiento de mí en mí. Como si me diera cuenta del mundo. El indecible embarazo de ser tres hombres que caminábamos callados, y la prisa quizá ridícula de nuestros pasos, y el sonido ridículo de nuestra respiración por la nariz. El rostro de los hombres que me habían despertado. Las expresiones serias e inmóviles. La incomodidad de las ropas heladas en la piel todavía caliente de las sábanas. Una brisa que me entraba por las mangas. Y la noche oscura antes de la madrugada. Las estrellas, también ellas ridículas, en el cielo negro, negro y pálido. Nosotros caminando deprisa, como si fuera importante. Y, en cierto momento, un halo de luz que rodeaba el cielo sobre la serrería, como si el sol quisiera nacer en mitad de la noche. Rasgarla. Y mientras nos acercábamos, más y más, me acordé, como si tuviera una idea, de la mirada serena del maestro Rafael, del portón abierto de la serrería, de las tardes que avanzaban en la ventana de la carpintería, y apresuré aún más el paso. Finalmente despierto, cuando llegué a la serrería, andaba como si fuera a correr, o corría como si fuera a andar.

Las vigas habían cedido y el tejado, en dos mitades intactas de tejas ordenadas, se había derrumbado sobre el interior de la serrería. Las llamas se alzaban altas en el lugar del tejado. Chispas que subían en corrientes hasta convertirse en demasiado pequeñas en el cielo. Humo negro y grueso que desaparecía dentro de la noche. El portón era un montón de tablas caídas que ardían. Una larga fila de hombres y mujeres gritaba y se pasaba baldes de mano en mano. Y el agua era inútilmente lanzada sobre el fuego, era como si no fuera agua o fuego en la noche, era como si fueran baldes vacíos lanzados al aire, baldes de nada lanzados sobre un fuego indiferente. Yo estaba quieto y solo. Miraba. Las llamas me calentaban la cara, la carne, la sangre. Nadie me lo había dicho, pero yo sabía que el maestro Rafael estaba muerto. Miraba y era eso lo que veía. Y la mañana nació. Con los primeros tonos claros del día, las llamas se extinguieron. Las mujeres volvieron a casa. Los hombres se sentaron junto a mí en el suelo. Yo era el único que estaba de pie. La serrería había ardido por completo. Todas las tablas, todos los troncos de pino del patio, todos los granos de serrín, todos los tablones, todas las ventanas inacabadas, todos los bancos de carpintero, todas las herramientas. Las paredes, que ya no sostenían nada, que ya no protegían nada, eran negras, como si fueran de carbón. Entre el silencio de los hombres y de la mañana, las brasas crepitaban una luz pálida sobre la ceniza, avivada a veces por una brisa que regresaba ocasionalmente. A lo lejos, se acercaba el viejo Gabriel. Sus pasos lentos. Se acercaba, delante de mí, el viejo Gabriel.

No dije buenos días. No dije ninguna palabra. Miré a Salomón y a cada hombre, y cada hombre y Salomón me miraron con la claridad del luto en la mirada. Me volví hacia el fuego. La última brasa se apagó en un suspiro que subió en un pequeño hilo de humo por el aire. Uno a uno, los hombres empezaron a levantarse. El último se acercó a mí y, como si me tapara con una manta, como si me escondiera, susurrando, me dijo que cuando se dieron cuenta del fuego fueron a casa del maestro Rafael y que encontraron a la prostituta ciega parida y muerta, con la niña también muerta; me dijo que el maestro Rafael estaba dentro de la serrería; me dijo que tenía la certeza de que el maestro Rafael estaba dentro de la serrería; me dijo que Salomón no sabía nada. Me dijo eso y se paró para que respondiera algo. Hubo un pequeño silencio entre nosotros y le hice un gesto breve con la mano para que siguiera su camino. Había hombres buscando algo que se pudiera aprovechar entre las cenizas. Inmóvil, como si no respirara, Salomón estaba en el mismo sitio, en la misma posición, como una estaca, como un cerro, como un árbol quieto. En sus ojos estaban todavía las llamas.

El viejo Gabriel dio un paso en dirección a Salomón y entró en su mirada. Distante, el sol alzó un primer rayo de luz entre los dos, separándolos o uniéndolos. Salomón sabía lo que el viejo Gabriel iba a decirle, y se le notaba en la cara que sólo esperaba a oírlo para que así se convirtiera en irremediablemente real. El viejo Gabriel, sin perturbar el silencio, usó las mismas palabras que el hombre había usado, pues, con ciento cincuenta años, aún no había aprendido otras palabras para decir las cosas además de las palabras que dicen. Salomón levantó la mirada. El cielo de aquella mañana joven era mucho más azul de lo que Salomón podría haber imaginado jamás. Empezaba el calor. El día empezaba más cansado. Juntos, Salomón y el viejo Gabriel entraron en las calles del pueblo. Las primeras mujeres, inclinadas sobre el suelo, barrían con pequeñas escobas de paja el cuadrado de sombra delante de las casas, y cuando ellos pasaban, sin mirarlos, dejaban de barrer. Los pájaros los seguían en silencio y respeto. Una brisa imperceptible los acompañaba. Caminaron durante mucho tiempo en un momento y llegaron a casa del maestro Rafael. La puerta estaba abierta. Entraban y salían personas. Salomón y el viejo Gabriel entraron. Sobre la cama hecha con una colcha prestada, estaba la prostituta ciega y estaba la niña. Ambas habían sido lavadas con un trapo húmedo por las mujeres. Tenían la piel fina y serena. La prostituta ciega llevaba el sencillo vestido de la boda y el delantal blanco con un bordado que decía loza. La niña estaba envuelta en el chal. De pie, a la entrada de la habitación, sujetando la boina con las dos manos, Salomón les miraba. Alrededor de la cama, arrimadas a la pared, había una hilera de sillas, que las mujeres habían dispuesto de madrugada. Todas las sillas eran de cuatro casas vecinas. Entre los rostros atentos y las ropas negras de las mujeres, había sitio. El viejo Gabriel avanzó hasta la última silla y se sentó. Salomón seguía mirando a la prostituta ciega y a la niña, y sólo dejó de mirarles para mirar hacia ninguna parte y caminar mudo hasta el lugar donde estaba guardado el traje del maestro Rafael. Entró en el dormitorio con el traje doblado sobre sus dos brazos estirados, lo colocó sobre la cama y lo acomodó junto a la niña, como si el maestro Rafael estuviera allí en aquel traje sin volumen. Los pantalones eran marrones y tenían la pernera derecha doblada y sujeta con un imperdible, la chaqueta era gris y tenía la manga derecha doblada y sujeta con un imperdible. Allí, aquella mañana, Salomón soltó los imperdibles, y estiró la pernera de los pantalones, que era de un marrón más oscuro, y estiró la manga de la chaqueta, que era de un gris más oscuro.

No sé realmente si es la mañana la que pasa, si es el día el que pasa, o si es toda la vida la que pasa en esta mañana, en este día. El sol entra por la ventana que construimos un sábado. Había brillo en los ojos del maestro Rafael, había más luz que toda ésta que entra por la ventana. El aprendiz ya ha llegado. El chaval es hábil, me decía el maestro Rafael los primeros días, me lo decía bajito para que el aprendiz no lo oyera. Cuando apareció por allí no sabía clavar un clavo, pero es hábil, se hará. El aprendiz llegó solo, con la ropa de trabajo, paso junto a todo el mundo y, con los mismos ojos con que vio el traje del maestro Rafael, me miró. Nunca le pregunté la edad. Creo que ni siquiera el maestro Rafael la ha sabido nunca con seguridad. Debe tener unos once o doce años. El chaval es hábil. Quería estar a su lado. En vez de eso, me senté en esta silla que me señalaron, junto a estas viejas que en ocasiones quieren darme conversación, como si yo pudiera oírlas.

Que me dicen era un buen hombre, que me dicen era una buena chica, que me dicen pobrecita la inocente, y que esperan una respuesta que no doy, y que se susurran unas a otras Salomón es tan mal hablador. El sol entra por la ventana que construimos un sábado. Una mujer de negro me ve mirando por la ventana, se levanta y, como si me hiciera un favor, junta despacio las contraventanas. Su rostro, como si fuera amable, es una sonrisa que olvido. Y sé que ahora estamos encerrados en un tiempo inmóvil. No existe ya la mañana, o el día, o la vida más allá de este cuarto sombrío. Sólo la poca luz que atraviesa la puerta de la calle, la cocina y, finalmente, la puerta del dormitorio, nos hace saber que existimos aquí. Somos el lugar donde está la muerte. Soy el lugar donde está la muerte. Y, sin embargo, al recordar al maestro Rafael, sólo consigo recordarlo vivo: mirándome, hablando, diciéndome cosas. Lo recuerdo, pero su muerte, invisible, pesa como una certeza sobre el lugar donde todo eso aún sucede, donde el maestro Rafael me mira, habla, donde el maestro Rafael me dice cosas. La memoria bajo el fuego. La serrería que arde. El maestro Rafael mirándome entre las llamas, el maestro Rafael trabajando en el banco que arde con herramientas que arden, el maestro Rafael inclinado sobre la muleta atravesando las llamas de la carpintería.

La sombra de mi mujer llega con la sombra de la cocinera viuda de la mano. Pasan junto a mí como si no me conocieran o como si yo no fuera nadie. El viejo Gabriel se levanta para dejarles sitio, las saluda largamente y sale a reunirse con los hombres que están en la puerta. Son muchos. Ocasionalmente, se oye el coro de sus voces diciendo buenos días a alguien que llega o que pasa. Pero ese sonido es de una armonía neutra, de un silencio que entra en esta habitación como algo que ya está aquí. Mi mujer, embarazada, mira a la prostituta ciega. Ambas tienen la misma serenidad en la piel. La cociera viuda mueve la boca y, aunque sepa que repite y repite su historia, por primera vez no la oigo. Oigo apenas un silencio más callado que el viento que pasa junto a las copas de los alcornoques, que los pájaros que vuelan alto en el cielo. Oigo un silencio constante y eterno. Miro a los labios de la niña que murió antes de nacer y siento que todo el silencio sale de esos pequeños labios, finos y cerrados. Labios de bebé, pequeños, que conocen la muerte.

Veo al maestro Rafael en los sitios donde no está, veo los sitios tristes sin él. A veces, salíamos para comer en el mismo momento. Avanzábamos juntos por la calle. Oigo el barullo de su muleta. Antes de casarse, por la noche, oía el ritmo veloz de su muleta en el suelo. Iba a estar con la prostituta ciega. Y yo dejaba de hacer lo que estuviera haciendo e iba a la puerta sólo para decirle buenas noches, sólo para decirle hasta mañana. Por la tarde, al caer la tarde, cuando la luz conseguía el color de la miel y se posaba sobre la llanura, en verano, cuando la oscuridad de una noche sin estrellas se asentaba sobre el pueblo, en invierno, le decía hasta mañana. Y nunca más le diré hasta mañana. Nunca más tantas cosas. Nunca más todo. Camina solo por las calles por donde caminábamos juntos. Me paro a verlo pasar. Avanza lentamente, lentamente, y desaparece. Me quedo solo, en una calle desierta.

En la habitación, corría una penumbra fresca que rozaba el traje del maestro Rafael, el rostro de la niña y las muñecas blancas de la prostituta ciega. En la calle, a la hora en que el calor empujaba a los hombres a una estrecha línea de sombra en la pared. Los cuerpos transpiraban junto a la cal. Y, como si estuvieran en la venta de judas, los hombres hablaban de las tierras y de los pastos, hablaban de las heredades del doctor mateus, y a veces, si alguien se acordaba, decían dos palabras sobre el maestro Rafael, decían el maestro Rafael y añadían un silencio vago, lánguido que se les escurría por los ojos. A la hora de comer, salieron algunas mujeres que se fueron acompañadas por sus maridos. Se quedaron las viudas y los solteros. La mujer de Salomón salió unos momentos antes de la hora en que solía ir hacia el "monte de los olivos", sujetaba a su madre y no dijo buenas tardes. Salomón aún recordaba o veía su sombra deshaciéndose en el suelo de la puerta, cuando entró José. Llegaba solemne. Las botas, firmes, se detuvieron delante de Salomón. Y éste, como un niño ansioso que esperara a su padre o a su madre, consiguió finalmente llorar y empezó a contárselo todo a José, muy deprisa, impaciente. José lo calmó y se sentó a su lado. Las viudas miraban con ojos desorbitados. Cuando Salomón por fin descansó, y las lágrimas se le secaron en la cara, y los labios permanecieron, la tarde regresó larga y lenta, como una tarde que llevara dentro de sí la muerte.

Varias veces, el viejo Gabriel entró y salió de la habitación. Ora entraba y se dirigía callado hasta la última silla, pasando junto al silencio de José y de Salomón; ora salía y se quedaba como un hombre callado entre los hombres que hablaban. Entraba y salía, marcando el tiempo. Y, cuando los dos carros aparecieron en lo alto de la calle, el viejo Gabriel los vio llegar. El primero era el carro funerario, pintado de negro brillante, y acarreaba un pequeño ataúd infantil, blanco, con rayas doradas. El segundo era el carro de pedro, escogido porque estaba limpio y casi nuevo, y cargaba los ataúdes de la prostituta ciega y del maestro Rafael. El viejo Gabriel los miraba. Se acercaban lentamente. Venían en una brisa fresca que el caer de la tarde traía. Venían en una luz cada vez más próxima y en una nitidez triste. Los pájaros volaban en silencio. El agua corría suave en fuentes lejos de allí. Cuando llegaron a casa del maestro Rafael se detuvieron. Los hombres los rodearon. Los únicos sonidos que se oían eran los pasos y otros ruidos sin significado. Del carro funerario tiraban dos hombres. Del carro de pedro tiraba una burra joven y limpia. Los hombres llevaron los ataúdes al cuarto. Salomón, José y todas las mujeres se levantaron. Primero, llevaron el ataúd de la niña. Era un ataúd de angelito. Salomón vio el trabajo de colocarla allí dentro y, en el momento en que la tapa del ataúd se cerraba, su rostro era el de una niña que estuviera viva, una niña que sólo dormía, una niña bonita. Después, trajeron el ataúd de la prostituta ciega. Dos hombres la levantaron, y la cabeza se le cayó ligeramente hacia atrás, y los cabellos se esparcieron hasta tocar la colcha y el fondo del ataúd. Por fin, trajeron el ataúd del maestro Rafael. Era de buena madera, como a él le hubiera gustado que fuera. Salomón arregló la chaqueta y los pantalones en el fondo del ataúd, y se lo llevaron tan ligero como lo habían traído. Salomón y José lo siguieron hasta la calle. Una multitud de miradas y el cielo. Los ataúdes estaban sobre los carros. Al frente, iba la niña, seguida por sus padres. Y el camino comenzó. Despacio. Salomón y el aprendiz iban inmediatamente detrás de los carros. Todas las calles. Despacio. Cada calle lenta. Cada casa. Salomón avanzaba y, a cada instante, uno a uno. Salomón avanzaba y sabía que, el día siguiente, o la semana siguiente, o algún día que estaba por llegar, tendría que pasar ante la casa de la prostituta ciega y del maestro Rafael, y sería una casa vacía y abandonada. Salomón avanzaba. Al llegar al cementerio, siete hombres llevaron los cajones: uno llevaba a la niña, cuatro llevaban a la prostituta ciega, dos llevaban al maestro Rafael. Y el cementerio se abrió ante ellos. Pasaron entre las tumbas, por el pasillo de hierbas secas y tierra. Al fondo, había una fosa grande, donde quedaron los tres, uno junto a otro.

Me miró muy serio. Se pasaba los dedos por la barba, como si quisiera desenredarla. No importa si hoy no vas, me dijo el viejo Gabriel. Me miró muy serio. Estaba el sol y estaban muchos hombres en la puerta del maestro Rafael. Mi madre, sin darse cuenta de que nos habíamos parado, me tiraba del brazo. No importa si hoy no vas, dijo, y sonrió a mi madre, como acostumbraba. Pero yo tuve que venir. Dejé a mi madre en una sombra del patio, le di un caldo apresurado y, como siempre, día sí, día no, hice el camino del "monte de los olivos", con el pañuelo a la cabeza. Apresuré el paso cuando llegué a la valla. Giré la llave y entré en la casa de los ricos. Atravesé las habitaciones vacías. Los hogares apagados, el espacio desocupado de los sillones que me miraban, la sombra de los muebles dispersos en la penumbra, la oscuridad sobre la oscuridad. En el corredor principal, me senté a oír a la voz que está encerrada dentro de un baúl. Sus palabras sonaban entre silencios sin pauta, como si hablara a medida que se iba acordando. A cada pausa, la frase anterior perduraba en las paredes, escrita en la cal con el color de la cal. Dijo: llega despacio, pero viene; se acerca y será un día infinito, una noche eterna, un instante quieto que no será un instante; y las cuestiones mayores serán menores que las más ridículas, y las cuestiones graves lo serán aún más porque serán las únicas. Esto que oí a la voz que está encerrada dentro de un baúl no lo he entendido hasta hoy al despertar. Cuando la primera luz, todavía débil, todavía tenue, se extendió sobre la cama, oí esas palabras en mi cabeza. Oí esas palabras, entendiendo cada una, y desperté. Me levanté lentamente bajo la sábana. Miré a mi madre, miré a Salomón. Bajé la sábana y miré a mi tripa, a mi hijo que no nacerá. La muerte me pareció simple. Bajo la mañana, bajo la claridad que me engañaba a propósito, la muerte me pareció un sufrimiento igual al de vivir, viendo un nuevo día, sabiendo todo lo que sé.

Mi madre fue la primera en abrir los ojos. Y, para ella, despertar fue apenas abrir los ojos, de repente, abrir los ojos, sin cambiar de expresión, abrir los ojos y seguir su historia en la palabra siguiente. Salomón dormía el sueño pesado del desconsuelo de no haber conseguido ni siquiera un trabajo a jornal o cualquier trabajo que le hiciera ganar algo. Lentamente, levanté a mi madre por el brazo, la vestí y la llevé a la cocina. Le di el café. Y quise hablarle. Le cogí la cara entre las manos. Y no le dije nada, porque no hay palabras para llamarla. Madre. La muerte es esa soledad donde no me ves, donde no estamos juntas. Y quise decirle madre. Pero apenas pude mirarla, apenas pude ver el silencio de la palabra madre en el aire límpido y fresco, en la cocina vacía con nuestras dos soledades. Y le di la mano. La piel de los dedos marcada y áspera con rayas de navajas de pelar y cortar patatas en palitos, de desmigar berzas, de abrir melones. Los huesos deformados. Las manos que conozco bien, que he cogido muchas veces, donde encuentro un poco de calor y de voluntad. Y la dejé en el patio. Y la dejé en la misma sombra de ayer y de todas las mañanas. Le traje los cacitos, los pucheritos, los pequeños cubiertos de muñecas. Y me quedé mirándola. Escogió un montón de hierba, recogió hojas de rocío en un pucherito, reunió un montón de piedritas y otro de tierra limpia. Después, con criterio, empezó a mezclar porciones de tierra, hierbas y agua de rocío. La mañana le era distante y me era distante. Bajo el calor cada vez mayor, le miraba, como si ya no la viese y fuera apenas una memoria dolorosa. Tras de mí, las juntas de la cama hacían el ruido cansado de Salomón al levantarse.

Las paredes de la cocina eran como el reflejo triste y apagado de la luz y de la inocencia de la mañana. Me acerqué a la loza que está puesta a secar desde ayer y escogí un puchero para la comida. Simulé la secreta importancia de estar haciendo la comida. Quieta, haciendo con las manos movimientos inútiles a una velocidad cotidiana, me quedé mirando a Salomón por el rabillo del ojo. Desaliñado, con la cara triste, la barba sin hacer, con la camisa mal atada y fuera de los pantalones, con el cinturón mal apretado, Salomón se tambaleaba por la cocina como un borracho de aguardiente, buscando mi mirada con unos grandes ojos abiertos, como un desamparado. Y, siempre que su bulto avanzaba más que un palmo dentro de mi mirada, fingía buscar una cebolla, o limpiar una gota de aceite, o recoger una peladura de patata del suelo. Salomón, que nunca fue mío más que en la pena que siento, y que siempre se creyó mío, porque siempre se había creído de alguien, y siempre, desde niño, había negado sus gestos a su voluntad. Salomón, en la cocina, como un cuerpo sin la materia que hace un cuerpo, como una cosa, como un cuerpo que fuera una brisa o un silencio, como un pedazo de persona: una voz inofensiva, una mirada muda: un pedazo de persona que se viera de repente transformado en persona entera, con toda la responsabilidad y todo el sufrimiento. Y, en la nitidez, cuando el agua hirviendo levantaba las patatas y yo sentía nítidamente que hervía dentro de mí, en el momento en que las paredes eran paredes y todo parecía ser lo que era exactamente, porque todo era definitivo a cada instante, me paré a mirar a Salomón que me miraba parado. Ojos en los ojos, como si nos viéramos. Y, dentro de su o de mi mirada, encontré lo que, a no ser por la vida, podríamos haber sido: los instantes pequeños que hubiéramos creído mayores que éstos y mayores que todos, por no haber conocido ninguno más. Y, en la nitidez, cuando empecé a fijarme en Salomón, en su rostro, en sus hombros, en sus brazos, todo en él empezó a deshacerse: la piel empezó a estallarle en el rostro, como tierra seca, empezó a despegársele de la carne y a destilar sangre gruesa; en la sangre roja, en los huesos que surgían debajo de la carne, los ojos seguían viéndome, mayores y con la misma flaqueza y la misma inocencia. Era como si la muerte, como si muriera. Bajé la mirada a las botas desatadas que llevaba Salomón y, cuando lentamente volví a subir la mirada, vi su rostro intacto y sus ojos suspendidos en la misma fragilidad, femenina o infantil, al borde de las lágrimas. Incluso así, supe que no había sido aquella una ilusión de mi vista, lo supe claramente, tal era la última nitidez del mundo. Me acerqué a él. Lo desnudé, como se desnuda una imagen o una estatua o un hijo, y elegí en el dormitorio ropa limpia y planchada, ropa fresca. Unos pantalones, una camisa blanca. Y, piadosamente, el tiempo pareció alargarse dentro de sí para aquel que fue el instante en que más unidos estuvimos, en que toda la ternura se concentró, en que todos los gestos pedían perdón por una culpa que no era nuestra. Le puse la camisa blanca, que continuó lisa en su cuerpo, le puse los pantalones con dos monedas que le metí en el bolsillo, le apreté lentamente el cinturón. Lo senté en una silla y, bajo la luz y la sombra, fui mojando el peine en una palangana de agua y lo peiné con paciencia y rigor y cariño. Y al abrirle la puerta, al verlo pasar junto a mí, sabiendo que iba a la venta de judas, al verlo alejarse y desaparecer al fondo de la calle, tuve la certeza de que era la última vez, tuve la certeza de que nunca más, nunca más nos encontraríamos.

No me senté. De pie, en la cocina, con la mirada fija en nada, como si estuviera fija en un horizonte, pasó a mi lado una brisa calurosa que arrastraba todos los sonidos del patio, dibujando mi cuerpo en mi vestido y levantándolo un poco más, como una bandera. Coloqué las manos sobre el pequeño volumen de mi tripa y pensé que era la muerte dentro de mí. Tengo la muerte dentro de mí. Mi mirada y la brisa se detuvieron. Despacio, superando la fuerza de las manos del luto en cada movimiento, atravesé la cocina, piqué una patata con el tenedor y ya estaba cocida por dentro. Con el tenedor y con la cuchara de palo, desmigué las patatas en la sopa, con una resignación profunda, como si ése fuera un trabajo de condenados. Y mis pasos. Detenida en la puerta del patio, vi los rayos de sol que pasaban entre las hojas de los árboles y atravesaban la sombra hasta la tierra, dibujados y definidos, como los rayos de sol que entran en el agua de las acequias y también ellos se vuelven agua, rayos perfectos de agua luminosa. Y, entre el sosiego, el canto de los gorriones, el ruido disperso y armonioso de los gorriones, como un silencio lejano, todavía ahorrado, todavía permitido por el calor suave de la mañana, y el susurrar interrumpido, el susurrar infinito de mi madre, como un sonido de la tierra, como un sonido de la creación del mundo. Me acerqué a mi madre, me acerqué a su cuerpo encogi- do sobre algo, a su cuerpo dócil de mujer vieja. Estaba encogida sobre una figura que había modelado. Me acerqué más, para ver. Era yo. Era mío aquel rostro hecho de tierra y de piedritas y de hierbitas, como si estuviera hecho de piel. Era yo. Eran mías aquellas manos serenas, posadas sobre el vientre, con el pormenor perfecto de las uñas y de las líneas en los nudillos de los dedos. Era yo. La levanté y quedamos madre e hija. La mañana a nuestro alrededor. Le agarré las manos. Ella no me miraba pero, por primera vez en mi vida, tuve la certeza de que me veía. Sé que mis ojos tenían una pena tan grande como la mañana, una pena

invisible, en un instante en que lo invisible era la única cosa que
se podía ver. Y el tiempo fue aquel momento superpuesto muchas
veces sobre sí mismo. Muchas veces nuestras manos entrelazadas
y extendidas ante nosotras, nuestros brazos que acababan en el
mismo lugar de nuestras manos juntas. Muchas veces nuestras
miradas, su importancia, como el mundo, como la tierra y el gesto
inmóvil de las cosas que existen. Y, dentro de aquel tiempo
grande, la palabra madre fue, como si nunca hubiese sido antes.
La palabra madre que no dije, pero que existió. Madre. La llevé
a la cocina. La senté derecha en una silla. Le quité los ganchos,
uno a uno, despacio, y le deshice el moño. Le solté el pelo largo,
liso, blanco y gris. Se lo desenredé con movimientos largos del
peine hasta que quedó sobre los hombros y sobre la espalda. Le
pase los dedos por el pelo. Sentí su pelo deslizarse entre mis dedos.
Volví a hacerle el moño. Su cara quedó más limpia y más joven.
Le di de comer. Todas las cucharadas, como si las contara y dijera
una dos tres. Como si alguien, en silencio y en secreto, las contara.
Le di la sopa hasta que la cuchara golpeó crudamente la loza,
hasta que incliné la escudilla para coger la última gota. Le lavé
la cara y la desvestí. Le traje ropa nueva de tan bien lavada y
bien planchada y bien cuidada. Una falda y una camisa. La vestí
y la llevé al cuarto. Mientras hacía la cama, entre el zumbido de
los labios de mi madre, me di cuenta de que los pequeños ruidos
del hombre que escribe encerrado en una habitación sin ventanas
eran aún menores y más lentos, la tinta se pegaba lentamente al
papel en un gemido de flor, como si las palabras hubieran ganado
súbitamente nuevos significados. Y tomé, de nuevo, las manos
de mi madre entre las mías. Las miradas eran el silencio. El silencio
era la muerte. La coloqué sobre la cama. Le apoyé la cabeza en
la almohada. Le junté los pies. Le junté las manos sobre el pecho.
Mi madre sobre las sábanas blancas. La pureza. El aire, como
agua fresca en la piel. La cal limpia amaneciendo perpetuamente.

Mi madre, madre niña, madre, madre bebé, mirada bebé, piel, niña, madre. Le hice una caricia en la cara, suave, como si no la tocara y, no tocándola, la sintiera. Le miré. Miré por última vez a mi madre, y la dejé. Madre, como si estuvieras sólo descansando, como si estuvieras sólo esperando al sueño para dormir. Madre, como me gustaría haberte sentido entre mis brazos, como me gustaría haber estado entre los tuyos. Madre, para ti la muerte no es cruel, porque hace mucho que moriste para todos, porque hace mucho que escogiste existir apenas para recordarme el amor y, ahora que nada en mí tiene regreso y soy definitivamente un vértigo, tu camino acaba y puedes descansar. Adiós, madre. Gracias, silencio. En la cocina, me puse el pañuelo en la cabeza y me lo até al cuello. Salí sin mirar para atrás, pero imaginando las sombras frescas, los ruidos que llegarán de la calle para que nadie los oiga, la cocina existiendo solitaria y olvidada, como un ataúd bajo el mundo.

El sol me pesa como algo que cargo dentro de mí. Llevo el sol dentro de mí y estallo serenamente sobre los campos toda la luz y todo el calor. Ya no puedo volver atrás, porque nunca se puede volver atrás. Sólo el arrepentimiento de aquello que no escogemos persiste, existe. Solo la edad vieja de los alcornoques, la forma esculpida de los olivos, piedras quietas en el cielo y en esta tierra que el vuelo de los pájaros atraviesa, esta tierra, la edad del mundo y la nitidez, los ojos que son el cielo y los alcornoques y los olivos, los ojos que lloran sin llorar, este camino mil veces camino y mil veces igual, yo, yo y el sonido de la tierra, el estallar de la arena bajo mis pasos. Y avanzo como si estuviera quieta, siento incluso que a veces obligo a las piernas a pararse, las siento inmóviles, y sin embargo avanzo. Se aproxima el fin y la desesperación. Y, sé ahora, que el fin y la desesperación son la serenidad de una soledad eterna e irremediable, todo eterno y todo irremediable, son el silencio de quien llora solo en una noche infinita. El "monte de los olivos" no está lejos y veo al viejo Gabriel. Siento que mis piernas andan, las apresuro, intento huir, pero estoy quieta delante de él. Me mira durante muchos años y me dice no vayas. Me quedó vieja también, tengo la inmensidad de su vida en esta mirada, me mira y me dice no vayas. Me dice no vayas, y el sol lo martiriza más. No sé ve una brisa o un instante fresco en su rostro. Dejo su mirada y continúo. El tiempo no me pertenece, ni la vida, ni las palabras, ni el agua de los manantiales y de las fuentes. Y el viejo Gabriel, más que su rostro, es una mirada que sabe todo, es el nombre de la soledad diciéndose a sí mismo, es la palabra muerte sufriendo su propio martirio. Más que su rostro, es sin embargo su rostro, su sudor y su ternura. Más que su sombra, es también su sombra suplicante. Su mirada de niño y de certezas. Su miedo. Detrás de mí, un instante. El viejo Gabriel, aplastado por una mano o por un misterio o por un secreto, cae muerto sobre la tierra que lo conoce, que conoció sus ciento cincuenta años, y que ahora muerto no lo recuerda. Su cuerpo, sobre la tierra, su sepultura, su cuerpo muerto, visitado por gorriones que se posan en su pecho por casualidad. Su cuerpo, como un surco de tierra labrada bajo el sol. Su cuerpo muerto gritando todo el silencio de su soledad en el cielo, en la carretera por la que avanzo, en los campos que son todo el mundo. Y la hora del calor eterniza esta muerte, su esplendor, eterniza la muerte, y cada momento es esta muerte infinita en todos los sitios. Y sigo. Sigo. Pongo las manos en la tripa, en mi hijo muerto. Tengo la muerte dentro de mí. El sol grita la lejanía de los campos y mi tristeza. En el fondo de mi mirada y dentro de mí, veo la hacienda. Sigo. Soy la soledad.

Cuando pasé junto a mi mujer y sentí el sol en los ojos y supe que mis piernas caminaban por la calle sin saber a dónde iban, fue como si mi cuerpo fuera sólo su flaqueza. Como sabía que ella me miraba, anduve hasta el final de la calle lo más recto que pude.

Después, me detuve en una sombre y me apoyé en la pared. Nadie pasó junto a mí, ni un perro, ni una gallina. Sólo las palomas, como si fueran libres, dibujaban aros en el cielo, círculos imperfectos, sólo las palomas pasaban en toda la mañana, sin por ello mirarme. Sentía un dedo que me apretaba la garganta y me daba ganas de vomitar. Bajé la cabeza, hice los ruidos de vomitar, mi estómago se contrajo vacío en la tripa, abrí la boca, saqué la lengua y no vomité más que mi ayuno. Volví a levantarme. Miré la imagen difusa del mundo. El cielo indiferente, las casas indiferentes, la indiferente existencia de las cosas. Y continué. Yo sin saber a dónde iba y mi cuerpo que me llevaba. El silencio tal vez fuera un murmullo que oía, tal vez fuera una insistencia que me repetía una desesperación y un desasosiego mudo y ansioso, y más ansioso por eso. Yo era mi incertidumbre. Yo era aquel momento y aquel momento era la fascinación de quien no entiende y asiste. Yo era el lugar vacío de mí, era yo en mis ojos, era mis gestos que eran mi ausencia. Y continué. Continuaba. Mi cuerpo me llevaba. Las calles, un ansia y un desconsuelo. Mi vida cumpliéndose, ajena a mí, sin que yo mandara en ella, sin que yo existiera. Y sin mí. Yo sin yo. Yo, y alguien en mi lugar que era yo. Mis manos más fuertes que mi voluntad. Mis piernas caminando sin ser mías. Y el silencio gritándome todo lo que no entendía, ni sabía, ni escuchaba. Y lo venenoso de la mañana me hizo atravesar la plaza. Desinteresado, como un hombre cualquiera, en un instante banal, como un hombre que cargara un mundo de sufrimiento en su sombra, en una mañana igual a las otras mañanas, atravesé la plaza y entré en la venta de judas y bajé la mirada. Y la venta de judas, que sería fresca si aquella fuera una mañana normal, que sería fresca como la sombra, era el calor de la calle y el sol y la luz y los hombres que me miraban y el demonio que sonreía un vaso de vino tinto frente a mí y el mostrador que ardía de calor y el sudor que me hervía en la piel y el demonio delante de mí sonriente y su mirada que tiraba de mi mirada y los hombres que me miraban y la luz y el sol y mis piernas sin fuerza y mis brazos marchitos en la carne y mis brazos atrofiados en su peso muerto y mi rostro ante mi rostro y mi rostro como en un espejo y mi rostro vencido y gastado y viejo y delante de la muerte y el tentador delante de mí diciendo tú mujer y sonriendo y diciendo José y sonriendo y diciendo los dos y sonriendo y diciendo como animales y sonriendo y diciendo él encima de ella y sonriendo y diciendo como animales y sonriendo y el vaso de vino calentándose más y la luz y el sol y la muerte y la muerte y la muerte y el demonio sonriendo y diciendo José y sonriendo muchas veces muchas veces muchas veces. La venta de judas sería fresca si aquella fuera una mañana normal. La venta de judas sería fresca como la sombra. La venta de judas era el calor de la calle. Era el sol. Era la luz. Los hombres me miraban. Bebí un vaso de tinto. El demonio sonreía. El demonio sonreía y dijo tu mujer está con José, están los dos juntos, como animales, él encima de ella, jodiendo.

Y caminé por las calles como si llevara una rabia sin motivo. Y caminé por las calles llevando un peso que, ahora descubro, era una profunda pena. Desamparado dentro de mí. Empujado hacia dentro de mí y perdido, con una rabia sin motivo, con un dolor profundo. Soy la muerte y no sé qué es la muerte. Soy el dolor y el desaliento y la tortura y no sé. Soy el no saber nada y la angustia sofocante, sin fin y sofocante. Caminé por las calles y llegué aquí. Llegué aquí y no llegué a ninguna parte porque soy el mismo. Estoy en la carretera que va del pueblo a la hacienda y todavía estoy en la plaza, todavía estoy en la venta de judas, el diablo me sonríe y dice como animales. El sol me quema contra la tierra y, si caminara por el cielo, no ardería menos y el tamaño de mi angustia no sería menor. El sol me quema contra la tierra. El silencio me entristece. El tamaño infinito de los trigales me entristece. Y el sol sobre el sol, dentro del sol, sobrepuesto al sol, el sol, el sol, su calor es mi luto luminoso, mi dolor, la noticia de mi muerte dicha ante mí y mi tristeza. Estoy donde no llegué. Aquí, continúo y avanzo. Los olivos, los alcornoques, agosto, la tierra movida, el olor de la tierra. Mi mujer y José son este calor y mis piernas que arden. O tal vez no lo sean. Tal vez sea yo este calor que no determino. Yo soy mis piernas que andan y no las contengo. Yo soy esta angustia mucho mayor que yo. Soy unos ojos que me ven. La carretera que continúa. Soy unos oídos que oyen. La arena bajo mis pasos. La arena bajo mis pasos. La carretera que continúa. Y veo al viejo Gabriel. Su rostro macerado de noches, escondido en una tristeza y en un desánimo. Y oigo al viejo Gabriel. No vayas, su voz moribunda, no vayas, su insistencia tenue, no vayas. Miro la súplica de sus ojos. Siento su mirada de niño enfermo y de misericordia. Como si no lo viera, como si no lo oyera. Y continúo como si le clavara un puñal en la voz, como si lo hiciera ser nada. Tras de mí, el silencio de su cuerpo que cae. El viejo Gabriel muerto. Su vida de ciento cincuenta años abandonada por resignación. Tras de mí, la muerte aceptada y triste, triste por eso, del viejo Gabriel. Tras de mí, perdidas para siempre, sus certezas disueltas en la tierra y en el viento y en la luz del sol. Sobre los trigales la sonrisa del demonio crece diciendo él encima de ella, los dos juntos como animales. El sudor en mi rostro es el sudor de mil hombres. Mi rostro son mil rostros. El mundo se ha cerrado. Nada existe allá lejos, tras los cerros. Aquí, como allí, existe apenas mi desesperación y mi abandono. En el fondo de mi mirada y dentro de mí, veo la hacienda. Solo. Soy la soledad.

La perra salió de en medio de las ovejas, como si fuera una oveja y llegara con la tripa llena de rastrojo para mirarme. Sus ojos, grandes de sinceridad, me decían una ternura y un consuelo. También ella sabía. La llamé con la mirada y le pasé la mano por el pelo. Se tumbó a mis pies, sintiendo los momentos que sabía, también ella sabía, eran los últimos. El alcornoque grande crecía aún más sobre mí y, después de él, todavía el cielo. Y la llanura inmensa, mayor que una brisa de primavera, mayor que todo el calor de esta hora de calor. A los lados, tras de mí, al frente: el mundo. Me quedé así. Estoy así. Pienso: llega despacio, pero viene; se acerca y será un día infinito, una noche eterna, un instante parado que no será un instante; y las cuestiones graves serán menores que las más ridículas, y las cuestiones graves lo serán aún más porque serán únicas. Pienso: es hoy. Y el silencio que pareció inocente un día, el mismo silencio, me parece ahora asesino y cruel. Paso la mano por el pelo de la perra. Las ovejas pastan ignorantes. Y mis ojos son negros cuando ven la hacienda. El rastro de sufrimiento que la muerte deja antes de llegar. Su certeza. Y me asfixia esta angustia más fuerte que la fuerza. Yo sé, y saberlo así me da todo y que quita todo, me convierte en hombre y me muestra la muerte, me enseña, obligándome a olvidar. Y siento que las raíces del cielo, clavadas en la tierra, están clavadas dentro de mí. Siento, siento incluso como siento el sol pegado a mí, como siento mi mano en la piel de la perra, pero sé que el cielo no es mío. Sé. Incluso la muerte. Sólo mi muerte es mía. Soy angustiosamente pequeño dentro de mí. Y yo, dentro de mí, soy todo lo que soy. Soy poco, insignificante, soy un pasado de desencuentros y engaños, soy el gesto de mirar este cielo, soy ningún futuro y esta certeza. En el calor, encuentro el olor de la tierra y sonrío en mis labios y en mi mirada. Nunca más. Mi sonrisa es triste. Siempre lo ha sido. Cuando sonrío, me río de mí y me lloro. Lágrima a lágrima, mis ojos secos ven inútilmente el cielo, mi rostro seco arde en esta hora de calor, mis labios secos sonríen y lloran de desdén por mí mismo. Paso la mano por el pelo de la perra. Encuentro el olor de la tierra. Tierra honda, madre e interior del mundo. Pienso: ¿por qué?

Levanto la mano, y la perra, que sólo esperaba este instante que sabía preciso, me mira con toda la piedad de sus ojos. Sin que tenga que decirle mi silbido, veo cómo reúne las ovejas y las dirige hacia la hacienda. Bajo la piel negra de cordero y bajo la camisa, lo que me queda de mí me hace avanzar. A cada paso, lanzo el cayado hacia delante. En un arco largo y lento, acierta en el suelo y lo sobrepaso como si me sobrepasara siempre y siempre. Avanzo y me acuerdo de ella y me acuerdo de Salomón y me acuerdo de mi madre. En ese mismo vértigo: ella, Salomón, mi madre. La mirada triste de ella, la mirada infantil de Salomón que pide por favor, la mirada de muerte y luto de mi madre. Avanzo y, conmigo, en mis pasos, sentada junto al fuego, quieta y lejos, avanza mi madre. Esperar la muerte donde permanece es su forma de caminar en el tiempo. Y sólo se puede caminar en el tiempo, aunque los pies pisen la tierra, como los míos parecen pisar, sólo se puede caminar en el tiempo. En este momento, mira al fuego. El fuego que arde dócil. Siempre dócil. En la combustión lenta de un corazón rodeado de un sufrimiento dócil. Constante y débil. Un fuego de sufrimiento que oprime el corazón. Mi madre que sabe un secreto, que lo mira, que ve la hacienda en ese secreto, que mira al fuego, que me ve. Madre, tu espera casi ha concluido, tu sufrimiento no. Pienso: no existir, ser el olvido de alguien olvidado para siempre, morir muchas veces muerto. Las ovejas son mi silencio que camina delante de mí. Salomón, mi primo al que nunca he llamado primo, el hijo de la hermana de mi padre, el crío que se me aparecía por ahí con miedo a todo, que pensaba que los alcornoques eran olivos, que pensaba que los tordos eran golondrinas, que llamaba a las ovejas como se llama a los perros, con la mano extendida fingiendo que les iba a dar alguna cosa y diciendo ¡chus, chus!, ¿dónde vas? ¿Dónde te perdió la vida? ¿Dónde nos perdió la vida? Pienso: no existir, ser el olvido de alguien olvidado para siempre, morir muchas veces muerto. Y ella. Mujer. Las promesas. El rostro. Nunca te he mentido. Si te dije el cielo, era el cielo; si te dije sol o agua, era sol o agua; si te dije mañana, era la mañana de tus ojos que me engañaba. Sin que tus ojos me engañaran. El engaño de una mañana que nació de tus ojos. Soñamos. Soñamos y fuimos ciegos. Y no tengo miedo a la palabra amor. No tengo miedo a las palabras. Mira como digo muerte: muerte muerte muerte muerte muerte. La repito así y le robo el sentido. Robo la muerte a la muerte. Robo truenos y soledad. Muerte muerte muerte muerte muerte. No tengo miedo de las palabras. Vuelvo a ver tus ojos delante de los míos, mañana, y quiero que ésta sea nuestra última palabra: amor.

Y avanzo por el camino del "monte de los olivos", continúo, sigo. El calor y la tierra. Las ovejas que son el tamaño de mi sombra. Veo al viejo Gabriel. Me mira apenado. Avanzo, continúo, sigo. Tengo prisa. Me dice no vayas, su voz es la misma que cuando yo tenía diez años, me dice no vayas, me acuerdo de haberme quedado mucho tiempo oyéndolo, no vayas, aquella voz importante, no vayas, si pudiera me sentaría y me quedaría con él, como cuando tenía diez años y el sol nos iluminaba con sus últimos rayos y vivir no era triste. No vayas. Tengo que ir. Tengo prisa. Avanzo, continúo, sigo. Tras de mí, el viejo Gabriel muere sobre la tierra. El viejo Gabriel muerto es la tierra. Tengo prisa. Los árboles nunca más. El viejo Gabriel. La tierra nunca más. Tengo prisa. Todo me espera donde no existo. Nada existe donde no estoy y no estoy en ninguna parte. Todo me espera para destruirme más todavía. Tengo prisa por diluirme. Tengo prisa por desaparecer. Tengo prisa. Al fondo, "el monte de los olivos", el sol. Avanzo, continúo, sigo. Soy la soledad.

Y el mundo acabó. Inexplicablemente, o sin una explicación que pueda ser dicha o entendida. El mundo acabó, como en un instante en que se cerraran los ojos y no se viera ni siquiera lo que se ve con los ojos cerrados. Los niños murieron, las risas de los niños, esparcidas por el suelo y por los sábados y por agosto, murieron. El mundo acabó como una noche arrojada desde el cielo, y nunca más se oirán las risas de los niños, nunca más fue sábado, nunca más fue agosto, nunca más hubo sol. Y eso que era la ausencia del mundo no era ni siquiera una ausencia, no era ni siquiera como el espacio vago donde una persona que murió solía estar y se mira y existe cuando se siente; no era ni siquiera una ausencia, porque no había nadie que lo sintiera. Era una noche infinita que acumulaba todo el miedo de todas las noches desde la primera noche del mundo. Pero tampoco el miedo existía, porque no existía nadie que la sintiera. El lugar de los árboles, sus formas y sus pensamientos habían muerto. Los arroyos, el agua fresca, el sonido casi silencioso del agua fresca, los ríos habían muerto. Los campos extensos, las hierbas secas, las piedras perdidas en el suelo, toda la extensión de los campos, el viento sobre la tierra, los trigales, los campos del tamaño de la mirada, la tierra había muerto. Las casas, los muros encalados habían muerto. Los pájaros, en medio de un vuelo, sus piares al caer la tarde habían muerto. Ya no había tardes, mañanas, noches. Nunca más se levantaría el día lentamente, con los ojos pálidos una madrugada; nunca más nadie se sentaría a soñar la calma al caer la tarde, nunca más la noche vagaría sobre las casas cubriéndolas con su capa rasgada de estrellas. El mundo acabó y ni el tiempo continuó. Los minutos no pasaban porque no existían, como no existían los momentos o las miradas. El infinito era el infinito de no ser ni infinito, ni nada. La muerte no existía en medio de todas las cosas muertas. No existían los cadáveres. Había muerto la memoria de la muerte. Los niños habían muerto y eso, que era la única cosa por la que valía la pena llorar, no era lamentado por nadie, porque ya no había dolor, ya no había lágrimas, ya no había ojos o pecho para llorar. José y su madre, Salomón y su mujer, el demonio, la cocinera viuda, todos habían muerto, en medio de todos los hombres y mujeres que murieron, como puntitos de una multitud gigante que muere en el mismo momento sin poder entender que muere y que muere todo. Todos desaparecieron y no dejaron nada, y no dejaron ni siquiera la pequeña nada que existe dentro de la nada que existe dentro de la nada. No dejaron ni siquiera los cementerios llenos de muertos, pues todos ellos han desaparecido todavía más de todo, todos ellos han muerto su segunda muerte, aún más definitiva. La voz que está encerrada dentro de un baúl se calló para siempre y, de sus palabras, ni el sentido, ni el silencio han subsistido. El hombre que escribe encerrado dentro de una habitación sin ventanas se detuvo de repente en mitad de una frase y el fin, para él, fue la tinta que desapareció de las páginas que había vivido, fueron las hojas de papel que huyeron de sí mismas y se convirtieron en el más absoluto vacío de todo, fue la memoria que se transformó ni siquiera en aire, ni siquiera en viento. El mundo acabó. Y no quedó nada. Ni las certezas. Ni las sombras. Ni las cenizas. Ni los gestos. Ni las palabras. Ni el amor. Ni el fuego. Ni el cielo. Ni los caminos. Ni el pasado. Ni las ideas. Ni el humo. El mundo acabó. Y no quedó nada. Ninguna sonrisa. Ningún pensamiento. Ninguna esperanza. Ningún consuelo. Ninguna mirada.

ÍNDICE